当代著名作家精品·长篇小说卷

主编 凌翔

母爱深深

李永先 著

北京日报出版社

图书在版编目（CIP）数据

母爱深深 / 李永先著. — 北京：北京日报出版社，2022.2

ISBN 978-7-5477-4216-7

Ⅰ.①母… Ⅱ.①李… Ⅲ.①长篇小说—中国—当代 Ⅳ.①I247.5

中国版本图书馆CIP数据核字（2021）第262478号

母爱深深

出版发行：北京日报出版社
地　　址：北京市东城区东单三条 8-16 号东方广场东配楼四层
邮　　编：100005
电　　话：发行部：（010）65255876
　　　　　总编室：（010）65252135
印　　刷：北京军迪印刷有限责任公司
经　　销：各地新华书店
版　　次：2022 年 2 月第 1 版
　　　　　2022 年 2 月第 1 次印刷
开　　本：710 毫米 × 1000 毫米　1/16
印　　张：12.5
字　　数：140 千字
定　　价：59.80 元

版权所有，侵权必究，未经许可，不得转载

留不住的岁月（序）

  时光荏苒，光阴如梭。从少年的懵懂到青年的走南闯北，如今已是鬓角如霜的中年，时针一刻也不曾停下，脚步从来也不敢停歇，但物是人非的变化紧紧跟随，无法留住岁月。

  掐指算来，从事记者这一职业已36载，足迹也算走遍了祖国的山川平原，看过了无数大山的高耸巍峨，明白了大海的深邃辽阔，似乎对泉水叮咚也有了理解，在外漂泊了30余载，一天也没有离开记者这一喜爱的工作。

  闲暇时，写诗作文，结识了不少文艺圈的大咖，一次次推心置腹长谈，一次次鼓励的话语，一次次充满期待的关怀，总感觉自己应该写一点东西了，但繁忙的工作又让自己无法静下心来，就只好利用休息时间，回忆从军的过往和在北漂中那些感人场景，试探性地捉笔苦思，战战兢兢地敲击键盘，开始写长篇小说。

  一年多的业余时间，原本打算写15万字左右的这部小说，因诸多原因，不到10万字就戛然而止。也许是考虑不能过多地耽误读者的时间，或许是文思枯竭，就像刚刚发芽拱出地表的一粒种子，对这个世界太陌生的缘故，渴求阳光吧。

清楚地记得，刚刚步入记者这一职业时，一位《解放军报》的前辈告诉我：记者这个行当，是一个很辛苦的职业，不仅要嘴勤多问，腿勤多跑，而且还要手勤多写。除此之外，常思考也很关键，要善于在平凡的事物中，找到闪光的东西，不要求你在某一个方面的知识很专业，却必须要在各个知识领域都多多少少有所涉猎，也就是说，记者这一行业要求成为一个通才。

这一番话，对我来讲，也许算是启蒙。无论是在部队从事新闻工作，还是转业回到地方，走到哪里，我都牢记于心。特别是刚刚转业回到地方的时候，由于诸多原因工作很不舒心，一种强赶旱鸭子下水的心理充斥内心。于是，经多次请示，方才应聘重操旧业。其间，做报纸编辑，做文学期刊编辑，后又辗转北上到北京，在纸媒一干又是14年。

罗曼·罗兰说，伟大的背后都是苦难。虽然自己从小就不怕吃苦，也知道吃苦是为了以后的幸福，但从部队回到地方，是完全不同的两种境遇。感谢部队的13年生活，让我学会了坚强和隐忍。在痛苦中，我找到了如何让自己快乐；在逆境里，让我学会如何保持良好的心态。

2015年，家乡的党报创刊，受领导之邀，近天命之年，我又重新回到故土。5年多来，每天我都怀着一颗感恩的心，对这份信任很感动，并敬畏记者这一熟悉又神圣的职业，尽心尽力把工作干好，确保在不影响工作的前提下，逼着自己写诗歌、散文和小说。

写作确实是一件苦差事，但也苦中有乐，那份投入比起十月怀胎相差无几。当写到肖露露和娄鸿涛被权力夺走生命的时候，我也曾泪满眼眶；当写到母亲舒嫚筠想方设法挽救儿子时，我为这样好的母亲无数次感动。几次修改定稿后，文友建议我请名家写一个序，我知道这是推介和宣传，很感谢文友的好意。但在我看来，一部小说是否受欢迎，最重要的还是取决于读者，推介与宣传固然重要，但读者认可才是关键。

经过慎重思考，最后还是决定，自己写序更贴切一些。当然，第一次写长篇，还有很多不足的地方，希望读者朋友包容和理解。但作文与做事，做事与做人都是相通的，正如自己的简介一样，生活的苦累，不同的人有着不同的感受，自己所写的每一篇文章，都必须要对得起读它的人，绝不无病呻吟。

岁月不会停下脚步，生活每天都在前行。既然无法留住岁月，就只好用文字记录下生活，愿所有的读者朋友，工作顺心，生活如意，在前行的道路上，芝麻开花节节高。

内容提要

　　这是因家庭矛盾引发的地方政坛地震。母亲舒嫚筠因儿子对父亲离世不奔丧，对自己住院又袖手旁观而引发愤怒，提起对儿子的法律诉讼。随着故事深入，权力背后的贪婪、光鲜背后的无耻和养儿防老的观念，被金钱、权力与美色撕碎，亲情、友情、爱情粉墨登场，高悬的正义之剑终将到来。一个家庭折射出一个国家要想走向未来，除沉疴、弃顽疾才是民生福祉和国之大幸。

位于山川市市中心的腾达大厦，是山川市的地标建筑。这倒不单是缘于大厦36层统一的天蓝色玻璃幕墙的恢宏气势，仅凭大厦处于山川市市中心的黄金位置，又左依市政府，右临市委，背靠滚滚东去的长江，门前一条宽68米的政府大道，就给这座大厦平添了几分大气和不凡。

大厦的产权隶属山川市腾达地产有限公司，公司的总部就在大厦里。

像所有地级市一样，大厦的1、2层开了大型购物超市，3至6层是公司办公场所，7至36层外租——设施布置得富丽堂皇的夜总会和宾馆。只不过与普通大厦不同的是，除了大厦里左右两侧的四个电梯之外，大厦的后边，还特意安装了一个观光电梯，这个电梯一般人是不让使用的，平时上着锁，只有3把钥匙才能开启。

之所以要详细介绍这座大厦，是因为接下来的故事都与这里有关。

这个世界上，最公平的是时间。每一个人，手里攥着的是属于自己的有限岁月，在不经意中，从指缝里偷偷溜走的，也是属于自己的时间。

从飞机落地到走出机场，他抬腕看了一下手腕上的劳力士，时间是凌晨5点41分。

这个双肩包斜挎右肩，身高180厘米，体重85千克的壮汉，一副"国"字脸，浓眉大眼，双目炯炯有神。一夜之间的两次飞机转乘，他的脸上没有显露出一丝的疲倦，从29岁开始创业，历经18年的商海打拼，如今，他已经是临江省赫赫有名的企业家了，作为山川市腾达地产的董事长，他的企业已经涉及房地产、航运、出口、制造、仓储等多个领域。

吴运合的奔驰跑车，就停在机场旁边的停车场里，虽然这是省城，但与山川市仅一江之隔，加上自己生意触角不断延伸，省城里他的子公司也有好几家。生意上的事情，他自然不用过多的分心，各个团队自会规划和运作，可3年前与梁蕙茹离婚后，女儿欣欣的抚养权被法院判给了前妻，作为父亲的他，已经一年多没有探视女儿了。于是，吴运合临时决定，去看看女儿欣欣。

省城的早晨，生机无限。聒噪的车流、人流，把一座还没有完全醒来的城市，闹腾得睡意蒙眬。坐在出租车里的吴运合，自郊区机场驶入城区，看着行色匆匆的人们，双目紧闭，似乎在回味自己刚创业时为生计奔波的艰辛。

"我带你飞，风温柔地吹……"突然的手机铃声，把深思中的吴运合拉回现实。

"吴董，您到省城了吧？"电话那头，甜甜的声音传来。

"是的，露露，我已经到省城了。"

"需要过江接您吗？"

"不用，我的车就在机场边的停车场里。"

"那您几点回公司？昨天有法院的人过来，说是有重要的事情找你，我告诉他们您今天应该能够回来。"

"法院的人找我？没说什么事情吗？我9点左右就回公司。"

"没有问，他们也没说。您回来就知道了，好吧，等您回来。"

挂完电话，吴运合有些纳闷儿：无缘无故的，法院找我做什么？

于是，吴运合拿起手机，拨通了妹妹吴晗的电话。电话通了，但被挂断了，一条短信出现在吴运合的iPhone XS Max上："哥，我正在开会，会后联系你。"

"名仕嘉园到了。"随着出租车司机的话语，出租车停了下来。

支付完车费，出租车开走了。吴运合看了一下时间，早上6点40分，刚准备抬脚向小区大门口走，一辆白色奥迪轿车从小区里迎面开了过来，在他身边停下。

随着驾驶座位车窗玻璃慢慢落下，摘下墨镜，面容姣好、淡妆里不失优雅的梁蕙茹，看着吴运合："没开车？一年多没见了吧？想女儿了？"

"欣欣怎么没在车里？"

"昨晚我加班，她姥姥接去了，我现在去送她上学。"

"那我也过去吧。"吴运合说着就要拉车门。

"今天不合适，我还要赶一个紧急会议。改天吧，等你这个大忙人有时间了，自己去学校看她吧。"梁蕙茹说着要离开。

"等等。"吴运合示意梁蕙茹稍等。他把斜挎在右肩的双肩包打开，取出一张卡递上："这是欣欣15个月的生活费，3万，你收下。"

梁蕙茹看了吴运合一眼："好吧。那我给你打个收据。"

接过梁蕙茹递过来的收据，白色奥迪车已经离开了。站在空旷的小区门口，吴运合心里有种很失落的滋味。

人，活着，应该是一种职业。每天的每分每秒，每个人都要不断地面对不停转换的人或事，需要去圆满地进行处理。

上午9点，吴运合很准时地走进自己的办公室。

办公室的豪华与气魄自不必多说，仅仅大老板椅正后方悬挂的《万里雄风》巨幅山水画，就是出自名家之手。靠墙的红木大书柜几乎摆满了书籍，书柜左右两侧两米高的雕塑，一边是《思想者》，另一边是《马踏飞燕》，两个雕塑栩栩如生，为整个房间增添了灵动与活力。

偌大的缅甸花梨木实木桌上，整齐整洁，除去一台大屏幕的台式电脑和两部座机电话之外，一个半米多高的笑面佛踩着口吐金币的大蟾蜍格外抢眼。房间里一大圈的黑色真皮沙发配着暗红色木质的茶几，让整个房间的摆设昭示着主人的尊贵。

丁零——，随着门铃声，肖露露端着咖啡，满脸微笑地飘了进来。

作为吴运合的秘书,这位模特出身的肖露露,芳龄31,无论长相与身材,都堪称女人中的极品。她的优雅带着一种天然的韵致,两颊的酒窝配着一双水灵灵的大眼睛,似乎能够读懂每一个男人的心思,不卑不亢的淡妆,有着一种迷人的风韵。哪个男人看她一眼,她的婀娜身姿与美貌就会深记于心。

"市法院的刘栋庭长,已经等您十几分钟了,您何时见?"肖露露问。

"让他现在就过来吧。"吴运合说。

"好吧,我去请他。"肖露露答应着飘出去了。

"我带你飞,风温柔地吹……"吴运合拿起手机。

"哥,刚才区里正在开会,你回山川了?打电话有什么事吗?"妹妹吴晗的声音。

"我刚刚回来,也没什么大事。法院有人找我,我不知道什么原因,想问一下你。现在不用了,民事二庭的刘庭长马上就过来了。"

"法院找你?"吴晗有点惊讶。

"是的。我也不知道什么事情,等会儿就知道了,你忙吧。"吴运合挂了电话。

丁零——门铃再次响起,门口的肖露露很客气地请刘栋进屋,沏好茶,又飘走了。

"听说吴董出国刚刚回来,打扰你有些冒昧。"刘栋客气地呷了口茶水。

"刘庭长客气了。有什么事情你就说吧。"吴运合端着茶水坐向刘栋身边的沙发上。

"我是受吴董你的同学常院长之托，特意来拜访你的。"刘栋说。

"常侃？有什么重要的事情，他不能直接告诉我，还让你专程跑一趟？"吴运合在心里抱怨他这个山川市法院的同学，当了常务副院长，走动少了，见面少了，连电话也少了，什么事情不能打个电话告诉一下自己？还委托庭长来见我。

"是这样的，吴董。"刘栋又呷了口茶，"舒姨近段身体不好，住院了，你知道吗？"

"我妈住院？怎么了？不知道啊。"吴运合显得很吃惊。他知道母亲记恨他这个儿子，3年前，父亲突然去世，由于他当时身在国外，又正与梁蕙茹闹离婚，没法给父亲奔丧，只能安排助理张大虎全权处理父亲的后事。事后，母亲让妹妹吴晗给他打电话，传话给他说没有他这个儿子。之后，退休后的母亲，也许是跟自己赌气，就一个人回了老家住。其间，他虽然也专门回去过两次，但母亲一直不愿意见他。

"我母亲什么病，查出病因没有？"吴运合急切地问。

"唉，我没有记错的话，舒姨今年应该76岁了。"刘栋说，"老年人都念旧，从穷日子里走出来，对晚年的生活要求也并不高。只是越到晚年，越希望子女能够多陪伴他们。放心吧，舒姨身体没有什么大碍，就是思想上压力太大。具体情况，张大虎应该清楚，你问问就知道了。但我今天来见你，是另有原因的，我们民事二庭受理了你母亲的起诉，被起诉人就是吴董你啊。"

"起诉？我母亲起诉我？"吴运合一下子愣住了，像被人点了中枢穴。

人类一思索，上帝就发笑。上帝究竟笑什么？张大虎一直想不明白。可连续几天了，一向和蔼可亲的舒嫚筠阿姨，突然对自己变脸，连病房都不让他进了。

受吴运合委托照顾好舒姨，这面都不让见，可如何照顾啊。张大虎请教舅舅常侃，舅舅就说了一句话："你只是一个外人，解铃还须系铃人。"没了下文。

站在病房外的走廊里，张大虎多次想给吴运合打电话，都感到无法张开口。

突然，张大虎的手机响了："大虎，你在哪儿？"是吴运合的声音。

"吴董，您回来了？我在医院陪阿姨啊。"

"在哪家医院？"

"市中心医院神经内科，住院部11楼1133房间。"

"等我，我马上过去。"

解铃还须系铃人，系铃的人来了。挂了电话，张大虎耸了耸肩，如释重负。

吴运合和张大虎站在1133病房门口，看着房间里四张病床上都躺着病人，吴运合问张大虎："怎么没有让医院安排一个单间？"

"安排了，舒姨不住，自己要求搬出来的，她说住普通病房接地气、舒服。"张大虎对吴运合说。

推开房门，两个人轻轻地走到靠里侧的病床前。"妈，我来看你了。"吴运合俯下身子，轻轻地对母亲舒嫚筠说。

满头银发的舒嫚筠，紧闭双目，没有应答。

"舒姨，吴董刚从国外回来就过来看你了。"张大虎几乎是贴着舒嫚筠的耳朵。

舒嫚筠依旧双目紧闭。

吴运合拉了一下张大虎的衣服，两个人走出病房。

"这真正睡着的人啊，容易唤醒。假睡的人，你怎么喊也是喊不醒的。"吴运合好像是在对张大虎说，又好像是在自言自语。

走出川南区区委大院，吴晗就看见哥哥吴运合在马路对面向她招手。

什么样的事情，让她一直佩服的有定力的哥哥乱了方寸？电话上火急火燎只字不提，匆匆忙忙要见面再说？

"吴晗，也快到下班时间了，你把工作安排一下，有件事情咱兄妹需要好好商量商量。"吴运合语速很快。

"已经安排好了，什么事啊？哥。"吴晗有些迷惑。

"这儿也没有什么安静的地方，去我公司吧。"川南区区委区政府离山川市委也不过十几公里的路程，吴运合的奔驰跑车沿着滨江大道疾驶,不一会儿就进了腾达地产公司,车绕到大厦后侧入了车库后,吴运合和吴晗一起走向大厦后边的观光电梯。

时令已经过了霜降,白天明显短了许多。吴晗看了一眼宽阔的长江,江面上往来穿梭的船只不少,顺流、逆流的都有,一抹夕阳就挂在江的对岸,倦怠中涂红了薄薄的几片云彩,江岸浓郁的黛绿已经在冬日中淡去,几只落单的白鹭鸣叫着在寻找归宿。

"现在的景色也没有什么好看的,上楼吧,天凉了。"吴运合在催,吴晗走向电梯。

"哥,这大厦里本来就有四个电梯,你在这后边又安装这个观光电梯,基本上不用,简直就是浪费。"兄妹俩走进电梯,吴晗说。

"你在政界,商界里的很多事你不懂,有时候,明知道是一种浪费,但也要做的。"吴运合看了一眼吴晗,"怎么样,你这个区长忙不忙?"

"在其位,就要谋其政,怎么会不忙啊?"吴晗笑着说。

电梯到达5楼,兄妹两人直接走向了大厦尽头的一个大房间,打开门,开了灯,吴晗突然感到这个她并不陌生的地方,极其凌乱。

从亲情上说,吴晗还是心疼吴运合的。自从哥哥和嫂子离婚后,家的概念几乎在哥哥的脑海里消失了。省城和市内的房屋,哥哥很少去住过,都是铁将军把门。向来以刚毅、果断示人的哥哥,每天都在忙碌着自己的事业,家就是单位,单位就是家。

对于一个家庭而言，再好的名牌家具，如果没有了女主人，除了苍白就只能是摆设，没了生机。

"我收拾一下，看看露露今天采购了什么食材，能做则做，不能做就让上边送点吃的下来。"吴运合开始简单地收拾房间。

"哥，我来收拾吧。"

"还不错，食材不少。"打开双开门的大冰箱，吴运合笑了。

兄妹两个搭手，很快做好了四个菜，在餐桌边坐下。

"喝点红酒吧。"吴运合打开罗曼尼·康帝，先给吴晗斟上。

"说吧，哥，什么事情这么急？"两人对坐，吴晗看着吴运合。

"不急，喝一口再说。"兄妹碰杯都抿了一口红酒。

吴运合端起酒杯又与吴晗碰了一下，喝了一口："你猜，法院找我会是什么事？"

"我咋能猜得出来？快说吧，别卖关子了。"

"咱妈向市法院起诉我了。"

"啊！什么？"吴晗一惊，差点没把口中的红酒喷出来，"起诉你？"

"是的。今天常侃让刘栋来找我了。"吴运合低着头。

吴晗何尝不知道，因为父亲去世，哥哥没能回来奔丧，母亲对哥哥一直有意见。再加上哥嫂离婚，被母亲视为宝贝疙瘩的孙女欣欣的抚养权又判给了嫂嫂，母亲盼孙的希望之火让哥哥一瓢冷水浇灭了。

"那也不至于啊？咱妈就你这一个儿子啊。"吴晗讶然。

"哥也很震惊啊。所以哥特意找你这个区长妹妹帮我想想办法。其实，我也知道，你的公公，就是郑叔，对你们要求严格，法院的工作我来做，你就帮哥给母亲说说情吧，也发挥一下你这个区长善于做思想工作的优势。"

"哥，都什么时候了，你还调侃我？"虽说是一区之长，但一直把哥哥当榜样的吴晗，内心既佩服又同情吴运合，婚姻的破裂、事业的如日中天，也许应了"鱼和熊掌不可兼得"的古训。可目前，生养了他们的母亲，突然要起诉哥哥，一边是亲妈，一边是亲哥，这让吴晗忽然间想起米兰·昆德拉的《不能承受的生命之轻》：人，如果活着，苦难如果有轮回，会让人很是无奈，想要摆脱功名、金钱、娇妻、儿孙之"重"，就必须要承受各种困扰带来的失重之"轻"。这究竟是人生的定数，还是人生永恒的悲剧？

"鉴于我家公公制定的严格家规，不让插手与自己无关的政事，母亲的思想工作我去做，法院那边就只有哥哥去协调了。再说，家庭矛盾最好家庭内部解决，没必要兴师动众，闹得满城风雨。"吴晗算是答应了哥哥。

"吴晗，你可能也知道了，最近，一代武侠大师金庸一别江湖，驾鹤西行。哥可不是什么大侠啊，很多事情是需要你这个妹妹多多帮忙的。"吴运合把杯中的红酒一饮而尽。

这是长江边上一个典型的山村。

一条弯弯曲曲的山村水泥路，沿着山的走势，或山脚或半山腰逶迤延伸，这条修建不久的山村公路，得益于近年来党的"村村通"好政策，让这里的村民告别了肩挑背扛的历史，尤其是水泥路又通了通村客车，村子一下子不再偏远和孤寂，与外面的世界紧紧联系在一起。

作为一名山村教师，几乎是看着祖国如何一步一步建起来的舒嫚筠，退休以后没有蜗居在儿女安排的城市里，而是与工厂倒闭下岗的丈夫，居住在丈夫出生的山村里，按照舒嫚筠自己的话说，人要知足。当然，这与她喜欢安静不无关系。

教书53年，党龄49年，因为从小就吃苦多，舒嫚筠身体基本没有什么毛病，76岁仍然可以连续走30里的山路。只是3年前老伴自私，扔下她走了，让她一个人在这山村显得有些孤寂。

舒嫚筠心里很明白，老伴为什么会突然撒手人寰，这得好好感谢自己那个当了董事长的儿子，钱多烧坏了脑子，让温柔贤惠的儿媳与天真可爱的孙女离开了他们，自己捧在手里怕掉了，含在嘴里怕化了，含辛茹苦养了3年多的宝贝小孙女，从此在两个老人面前完全消失了。锥心的疼痛，让老伴没有挺住，74岁就走了，几乎忘记了对她的承诺：我们要一起活到100岁。这个世界，难道真的是"儿大不由爹"了？

都说闺女亲，这话不假。几天前，女儿吴晗去医院接她，执意要让她去家里住几天，可舒嫚筠坚持要回山村，女儿拗不过，只好送她回来。可女儿工作忙啊，偏偏亲家郑志明执意要亲自送她，这一送，路上亲家的几句话，坚定了舒嫚筠要起诉儿子的决心。

"亲家，有几句话我想说给你听。如今，运合生意做大了，难免树大招风啊。"

"你是做过市纪委书记的人，有什么话就说吧，别吞吞吐吐的。"

"据可靠消息，老哥去世的时候，运合在国外不是为了自己的生意，而是在帮省里一个领导办私事啊。"

"怎么会有这样的事情？真的假的？"

"应该是真的。"

"如果真是那样，运合会不会陷进去了？"

"难说。"

这话连续几天都在舒嫚筠耳边嗡嗡响。难道运合真的会陷进去？他要出事，吴晗怎么办？不行，不能出事，也不敢出事。舒嫚筠一心要把这个忘了本的不孝儿子拉回身边来。

知子莫若母。其实，3年前，儿子与儿媳正闹离婚的时候，舒嫚筠就想敲打敲打儿子吴运合，难道金钱真的就能改变一个人的本性？有了钱，就可以不要亲情了？只是当时老伴在住院，运合又远在国外，她实在是无法顾及。

"妈，我回来了。"门外传来吴晗的声音。

母女两人进了屋，舒嫚筠准备做饭，吴晗拦住了："妈，咱俩聊一会儿吧，我还有事，要抓紧赶到市里去呢。"

"这么火急火燎还回来干什么？"

"急事，妈。"

013

"有什么急事啊?说吧。"

"我哥的事呗。"

"你哥?你了解你哥?知道他在做什么?"

"我哥的事情他不说,我也不问啊。"

"那不就是了!咋了?回来帮他做说客?"

"妈,怎么能这么说?我哥可是你的亲儿子。"

"正因为是亲儿子,我才要这么做!"

"哪有母亲起诉自己儿子的,我哥以后可怎么抬得起头见人啊?妈!"

"抬不起头也比掉头强。"

"妈——"

"好了,你别说了,快去市里办事吧。"

再风光的人,也会遇到无奈的事情。困扰无时无刻不在我们的身边,处理好了,就是人生经历;处理不好,很可能就是人生灾难。

吴运合压根没有想到,他的老同学常侃会这么不给他面子。

"按照程序,起诉人起诉后,如果不撤诉,我们法院7天之内必须立案,并通知被告人。今天已经是第六天了,明天我们必须给你送达应诉的传票。"

这么简单的道理谁不懂?关键是如何解决。但常侃就扔了一句"需要你自己去解铃",随后称自己要开一个紧急会议,扬长而去。

这是老同学吗？什么样的会议比火快烧到我这头上还重要？吴运合悻悻地走出市法院，一种莫名的怒火自心头升起：不同于4年前了，你小子那时在省高院立案庭当庭长，又是电话又是约我见面，让你外甥张大虎跟着我做事，那段时间，你有事没事总往公司里跑，撵前撵后的。咋了？你现在当了市法院的常务副院长，翻脸不认人了？变成蝎子了？！

气归气，燃眉之急的事情一点也不能忽视，需要马上解决，妹妹吴晗回去找母亲，不知道进展如何，得赶紧问问情况。

"我带你飞，风温柔地吹……"正想给妹妹打电话，吴晗的电话打过来了："哥，我刚见过咱妈，工作难度确实不小，最好你回去一下，自己的妈，深浅话都可以说的，我现在已经在去往市里的路上了。"

一句话点醒梦中人。亲妈要起诉自己，做儿子的不去找妈，却到处跑着找别人，也真够滑稽的。

多年来，吴运合知道自己与家人沟通少，可有些事情家人不知道最好。在医院，他感到了母亲对自己的疏远，母亲与自己有误会，可虎毒不食子，世上哪有狠心的爹妈啊。

回趟老家，与母亲促膝畅谈一次。吴运合驱车直奔老家。

"常院长，你等一下。"散会后，正匆忙向会议室外走的常侃被叫住了。

常侃回头一看，是刘艺辉市长的孙秘书，他招了招手，走了过去。

"刘市长让你散会去一下他办公室。"

"现在？"

"现在。"

绕过市会议中心旁边的车库，就是市长楼门前的小花园，小径上散落着几片离开枝头的落叶，绽放的白月季在微风中向他点头示意，几株桂花树上残留的桂花，还散发着馨香。季节的原因，这个四季开花的小花园，在深秋的时候，也只剩下几株月季与菊花在竞秀吐芳了，满园翠绿的枝叶开始染上淡黄。

瞄了一眼坐落于政府大院右侧，整体呈现出天蓝色直冲云霄的腾达大厦，一瞬间，常侃陡然觉得，别说自己，就是市政府的13层办公大楼与大厦相比，也显得太渺小了。

径直走上三楼刘市长的办公室，常侃感到，刘市长正在等他。

"前几天，你向我汇报的事情，现在情况如何？"

还没等常侃坐稳，刘市长已经递过茶水说话了。

"哪一件？"常侃摸不着头脑。

"吴运合啊。"

"那件事啊。他母亲执意要起诉，是家事。"

"家事？吴运合那可是省里和市里的典型，要注意影响。"

"这个我知道，我已经安排刘栋私底下找过他了。"

"结果怎样？"

"具体还不清楚。他在想办法做他母亲的工作。"

"这件事情从道理上讲，属于家事，政府不能插手干预，但考虑到吴运合的身份以及他的影响力，你们法院尽量要用调解和化解矛盾的方法，把负面影响降到最低。"

"一个简单的民事诉讼，没有那么严重吧？"

"你是常务副院长，个中利害，难道不清楚？无论如何，这件事情不能闹大，你就把它作为一项政治任务吧。"

走出市长楼，常侃心里咋想咋别扭。吴运合啊吴运合，你现在可真是个人物了。你的一件家事，居然能够让市长这么关心？要是你工作上出了问题，还不得把山川市闹腾得全国都知道啊？人与人比起来，咋就这么大的差距呢？

吴运合未能见到母亲。

老宅院门上一把冰冷的铁锁告诉他，家里没人。

看着这个自己曾经再熟悉不过的院落，再逡巡一下梦里都挥之不去的山村，变了！这里确确实实变了，一切熟悉的东西突然有些陌生。难道有些东西真能够让一个人忘本？难道环境的变化能够让一个人彻底失去自我？自己17岁离开这里，快30年了，其间从这里走过多少次，可没有一次认认真真地停下脚步，认认真真地好好看看这里的变化。如今，当站在这片生养了自己的土地上，吴运合觉得脚下的土地对他居然是那么的疏远。

后边那座山的半山腰，是小时候父亲开垦的一片荒地，父亲还特意种植了他最爱吃的香瓜，现在远远看去，苍松翠柏迎风招展，俨然已是山林；院子门前，母亲亲自栽下的那两棵核桃树，也没了踪影；院子西边，他总爱带着妹妹去观看小伙伴们打水仗的坑塘，如今已经成了通车的公路。

物去人非。当一切熟悉的场景从眼前消失，回忆就如同泄洪的洪水，肆无忌惮地在记忆的荧屏上闪现，如同重锤敲打心扉，锥刺般的疼痛让一个迷失的人瞬间清醒：失去了，就永远不可能再回来。

"我带你飞，风温柔地吹……"

肖露露打来的："吴董，您在哪里？"

"我回了老家。"

"刚才，省银行的马行长打您电话说打不通，就把电话打我这儿了，让您晚上6点，去一下省城见见她。"

是吗？吴运合看了一下手机，确实信号不好，说了一句"知道了"，就挂断了电话。

吴运合认识临江省银行的美女行长马玉，是4年前的事情了。

当时，吴运合的腾达地产省城子公司开业，时任临江银行副行长的马玉是特邀嘉宾，两人的那次相遇，才让吴运合这个山川市的骄傲，一下子变成了省城里民营企业的典型。但也是那次与马玉的接触，吴运合这个企业大船的舵手，明显感觉到自己对企业前行方向把控力的失衡，以及后来许多事情接二连三的发生，他即使觉得违心，也不得不去做，甚至不惜与妻子梁蕙茹分道扬镳。

世上没有后悔药。正确的时间遇到对的人，你什么都对；错误的时间遇到错误的人，你所有的努力很可能都是白费。这怪不得别人，要怪，就只能怪吴运合自己。

那次相遇，让吴运合刻骨铭心。

子公司开业庆典本来很圆满，各项工作顺利，宾主开心，皆大欢喜。结束后，各自离去也是再正常不过了，可偏偏吴运合为了表示感谢省银行对腾达的鼎力支持，居然鬼使神差地挽留下了马玉。

人们总爱给自己不愿意接受的事物寻找理由，甚至用一个富丽堂皇的说辞，为自己辩解。这个中的缘由就没必要细说。很多时候或者很多场合，人人都说酒是穿肠毒药，可是在我们的现实生活中，真正离开了酒，又有多少事情能够顺顺利利地办成？这也许就是所有人默认和接受的"酒文化"久盛不衰的主要原因吧。

那一夜，喝酒太多。吴运合已经无法说清楚究竟是有意还是无意，自己与马玉怎么就糊里糊涂地住进了宾馆的总统套房，他这个原本在高空中飘飞的风筝，突然就像断了线。

清晨，当阳光洒进房间，一张床上两个一丝不挂的人，几乎是同时醒来，彼此瞬间的惶恐，简直要让秒针静止。

随后，马玉匆忙穿衣，匆忙离开，一句话也没有。

像是一个做错了事的孩子，吴运合对马玉的一言不发就匆匆离去，有些不知所措。而两天后，当他得知了马玉的身份背景之后，更是心惊肉跳。

舒嫚筠对儿子吴运合的判断是正确的。

女儿吴晗匆匆忙忙回来，母女俩没能说上几句母女的知心话，吴晗一直在替哥哥求情，不用说，这肯定是兄妹两个商量好的。女儿这里行不通，儿子一定会回来的。

因此，女儿前脚走，舒嫚筠就锁上了院门，早早来到后山老伴的墓地，等吴运合回来，她打算当着老伴的面，好好敲打敲打有本事的儿子。

当舒嫚筠在后山的半山坡，远远看到儿子的车停在自家门口的时候，老人心里是温暖的：儿子事业做得再大，父母永远是根。

"孩他爹，你是把眼睛闭上了，不再操心了，你可知道我有多费心吗？我知道他没有给你守孝你也很生气，他马上就要来到你的面前了，有什么话就说出来吧，别在那个世界里闷着。我知道，孩子们有什么事情你总不爱说出来，憋在心里，有时候，你实在是憋不住了，就指使我讲，红脸总是我这个老婆子的，你就会装好人。唉，自己的孩子，横竖只要道理是对的，什么样的话又不能说呢？也是，家庭不是一个讲道理的地方，但尊重和爱护还是少不了的。知道你不愿意说，儿女做事自有他们的道理。要不，你就好好地听着吧，我让儿子好好地给你认个错，行吗？"

也正是舒嫚筠在与另一个世界的老伴唠叨，盘算着如何让儿子跪在父亲墓前，给另一个世界的父亲说点什么的时候，让她失望的事情再次发生：吴运合没有来父亲的墓地，跑车又沿着去往省城的路开走了。

世事无常，这就是生活。一个走错了路的人，虽然腿脚属于自己，但往哪里走，方向权已经自己做不了主儿了。

看着儿子渐行渐远的跑车，舒嫚筠的内心彻底凉了。

省城的夜晚似乎来得早，天还没有完全暗下来，流光溢彩的灯光给白天的城市涂了颜色，不停变换的霓虹灯与路灯、车灯的亮光交叉、碰撞，折射出流动的光晕，让每一位在傍晚行车的司机眩晕。多年来，吴运合不愿意在傍晚行车，这是主要原因。

按照马玉的约定，让他要赶到丰泽花园那个别墅小区见面。那里他3年多前去过一次，是与刘艺辉市长一块儿去的。当然，那次很短暂的停留，是吴运合已经知道了马玉是刘市长的妻子，丰泽花园是他们夫妻的一个爱巢。

仕途如履薄冰。这话听着吓人，但很多人还是绞尽脑汁在向这条路上挤。吴运合从心底里说，是故意绕着这条路走的，这也是他的初衷，可想与做不是合拍的，命运使不想涉足政治的他，现在也卷了进来。

一个生活在社会上的人,你不可能孤立地存在。就像吴运合,腾达如果没有政府的支持,也根本不可能会有今天的成就。

城市没有乡村变化那么快,这是很正常的事。因为城市的每一条路,甚至每一个小胡同,都是经过认真规划的,是定型的。所以,路还是那条路,小区还是那个小区。

虽然,吴运合只来过这里一次,但吴运合最大的优点就是记忆力特别好。11位数的手机号,只要别人当着他的面说一次,他就能够背出来;任何一个没有去过的地方,如果他开车走上一次,就能准确地找到。

车停下来时,吴运合看到马玉正站在门口。

四年前的那次肌肤之亲,让吴运合对马玉很敬畏,没再敢越雷池一步。这倒不是因为马玉是刘艺辉市长的妻子。对刘市长的愧疚,吴运合已经弥补上了。关键是马玉的父亲,是主抓政法的省委副书记。人是需要相互帮助的,四年多来,马玉没有少帮吴运合,而吴运合确实没有给马玉帮上什么,只是上次帮她去了一次国外。

走进别墅,马玉已经准备好了晚餐,两人简单吃过,马玉说话了。

"运合,你确实是个人才。不但心地善良,而且企业也做得风生水起。"

"过奖了,马行长,没有你这个贵人的帮助,我怎么会做得这么好?"

"说过多少次了,不要叫我行长,叫马玉,亲切。"马玉莞尔一笑。

上辈子的造化。吴运合看着脱去职场工装，旗袍加身长发飘逸，妩媚得毫不逊色影视明星的马玉，想着她那凝脂般的肌肤，心里喝蜜般美滋滋的。

"不客套了，说正事吧。这次请你过来，主要是想再确定一下，你去国外那件事情的处理情况。"

"不是已经原原本本地告诉过你了吗？"

"我想了解一下更多的细节。"

"细节？"

"是啊。"

"你那个合伙的朋友，他确实没有见我，只是让一个下属与我见了面。2000万的卡是他下属拿走的，也是当着我的面核实的。"

"那个下属难道就没说过什么？"

"说了。我也告诉过你了。他说那边正在对公司进行审计审查，主要是涉及一批价值6000万的货，面临被处罚吧。"

"明白了。要不这样吧，我银行这边程序多，风险也大，6000万的缺口，你能不能想想办法先帮我补上？"

"6000万？"

"怎么，资金有问题？"

"这可不是一个小数目啊，公司的流动资金也只不过才2000万。"

"你不是人脉广嘛，你办法又多，想想办法呗，帮我一把。今晚你就别走了，住我这儿，方便。"

"这可使不得，再说我还有别的事情要办，得抓紧赶回山川。"

"那6000万的事情，就要让你费心了！"

驶出丰泽花园，吴运合犯难了：6000万，上哪里去筹措6000万啊。

钱啊，这个商品流通中的交换工具，自人类发明并开始流通以来，多少人因为它丢官、掉头，与亲情反目，和朋友成了仇人。

维系夫妻感情的纽带是相互信任。当婚姻需要亲情来维系时，已经是婚姻的末路。

当风言风语传进梁蕙茹的耳朵，这个自以为婚姻、家庭和事业都很幸福美满的女人，开始审视自己的生活。

吴运合是个好丈夫，更是一个好父亲，这是结婚6年，她对自己丈夫的评价。

从生下女儿开始，吴运合回家确实少了，可一个干事业的男人总不能经常围着老婆、孩子转圈，事业的扩大，人际关系的拓展，男人自有他自己的一番天地，过多地干预也不是一个明智女人的所为。

温柔、贤惠、细心、大气，是丈夫吴运合对自己的赞赏，工作的劳累她不抱怨，生活的琐碎她不诉苦，一心一意地为家庭付出。好在婆婆舒嫚筠心疼关心她，半年的产假结束，6个月的女儿就被婆婆带养了，梁蕙茹可以充分调整自己，专心投入到工作中，而丈夫在她生女儿时，也是忙前忙后的，体贴入微，无可挑剔。总体来说，梁蕙茹感到自己是幸福的。

生活原本如此，越是平淡，越能检验出一个人的真诚。过山车般地刺激，只是生活中的作料，是不经意或故意安排的浪漫，那不是真正的生活。

人，大概都是一样的，第一次听到对自己不利的言语不怎么在意；第二次就会上心；第三次就会有意识地去求证。

梁蕙茹是个理性的女人，她的工作和生活都有条不紊。虽然关于丈夫的风言风语不断，但沉稳的梁蕙茹不露任何声色，在仔细观察着吴运合。

"莫听穿林打叶声，何妨吟啸且徐行。"日子在平凡与平稳中一天天度过，两年的光阴如同白驹过隙，一晃而过。两年中，梁蕙茹觉得一些流言蜚语并非真相，丈夫吴运合依然是她可以依靠的肩膀。

然而，突然有一天，她的手机上显示自己的银行卡被转走了100万的时候，梁蕙茹瞬间感到，与自己"相互不参与彼此工作上的事情，家事必须商量解决"有着君子协定的丈夫，一定有事瞒着她。

"怎么会动用我那点小钱？"

"急用，资金暂时周转不过来。"

"不会连个招呼都不打吧？"

"夫妻间的转借，没必要那么复杂吧。"

"总不至于忘了夫妻之间的协定？"

"没有。只是转借一下，短时间就会归还。"

"暂时信任你！"

肖露露很惊讶。

作为吴运合的秘书，实际上她干的是企业办公室主任的差事，对上对下的所有文案都是她的工作，所有的应酬她也必须到位，当然，张大虎的协助也功不可没。

肖露露没有任何背景，她是凭借自己的能力，以一个模特的身份到腾达应聘，应聘后从业务员一步一步升到今天这个位置的。进入腾达5年，她亲眼看见吴运合的不易，内心深处，她敬佩并暗恋着吴运合，而作为企业的一员，肖露露除了干好自己的本职工作，没有过任何非分之想。尤其是当吴运合与梁蕙茹离婚后，她心疼吴运合东奔西跑的疲惫，身边没有一个女人照顾的无助，内心很清楚吴运合对自己不薄，大厦的5楼，她与吴运合各居住一头，工作之外，他们几乎没有任何走动。当然不包含有时她要为吴运合采购生活用品。

让肖露露惊讶的，是她心甘情愿为之赴汤蹈火的男人，5年来第一次向她发出邀请，并亲自为她下厨，给她庆生。

一次意外的惊喜，往往会让人觉得眼前的一切都是美好的，心情格外惬意。

"谢谢你为公司付出的努力，生日快乐。"

端起酒杯的那一刻，肖露露感激的泪水盈满双眼。出身山村，靠着自己一路打拼走到今天，生平中第一次有一位男人为自己庆生,而这个男人,是给了她工作让她对未来充满希望的腾达老总,是她心仪已久从未表白的吴运合。

属于你的,不求自来;不是你的,强求也是枉然。心情无比激动的肖露露,一口喝下了半杯拉菲。

"谢谢你,吴董,今生遇到你,是我的幸运。"

"其实,我一直把你当作妹妹。"

"妹妹?你不是有妹妹吗?"

"我是有个吴晗妹妹,可她每天忙于政务,我现在连个说话的人都没有。"

"那……如果吴董不嫌弃的话,我可以陪你说说话啊。"肖露露感到自己这样说,有些脸红,好在刚刚喝了酒。

"这也正是我今天找你的想法。"

"真的?"

"千真万确。"

听着吴运合的话语,肖露露的心就快要蹦出来了。自己在腾达的工作,得到了吴运合的肯定,也受到了赞赏,这对一个从农村走出来的女孩来说,是欣慰、是荣誉,更是成就。整个腾达公司有多少像她这样辛辛苦苦工作的人,他们又有谁能够如此幸运,享受过这样的待遇?

女人喜欢哄,这算不算是女人的天性?

"来,喝一口,再次祝你生日快乐。"

"真心实意地谢谢吴董。"

"这样吧,鉴于你对公司的贡献,这张100万的卡就作为奖励了,密码就是你的生日。"

"100万？开玩笑吧，吴董？这么多的钱，你给我？我被你吓着了。"

"真的不是开玩笑，是诚心诚意。如果你不相信，这张卡你就先帮我保存着，我使用的时候再找你，如何？"

"保存？行。先声明啊，这钱我可一分都不会动。"

"以后你就是我妹妹了，哥遇到什么困难的事，你可要帮忙啊。"

"放心，只要吴董发话，赴汤蹈火，在所不惜。"

受吴运合委托，当张大虎和律师走进刘栋办公室时，刘栋已经在等他们了。

"今天我和律师过来，是表明一下我们腾达的态度，企业的律师团队应对一切涉及我们腾达的诉讼。"张大虎说。

刘栋何尝不知道，昨天他的叔叔刘艺辉市长还特别嘱咐：吴运合的家事必须慎重，千万不可闹大。

按照法定程序，舒嫚筠提交的诉讼已经到了第七天，今天虽然吴运合没来，但助理张大虎和腾达的律师都在，也算是正式通知了。只是像这类母亲起诉儿子的案例，法院还是第一次立案，所以，依照常侃院长的吩咐，该说明白的话还需要交代清楚。

"舒嫚筠起诉儿子的诉讼主张，我们应该都很清楚了，但任何事情都是有原因的，也只有找到了问题的症结，我们才可以找到解决问题的方法。至于案前调解、小范围开庭和不开庭审理，这是法院的建议，由于涉及吴运合母亲的诉求是让亲情回归，让吴运合必须回到她身边就显得尤为棘手。实际上，大家都很明白，亲情是物质换不来的，更无法用经济的指标来加以衡量，所以，归根结底，这起诉讼案件解决矛盾的关键，是需要你们吴董自己来处理。"

"我们已经知道了。"听完刘栋的陈述，律师说。

"需要提醒你们的是，你们的吴董作为山川市的公众人物，这起诉讼案的利害，他应当清楚。让他主动做好他母亲的工作，也是避免造成更大影响的重要环节。劝劝你们吴董，很是必要。"

"请尽管放心，我们会尽力而为的。"

作为母亲，要起诉自己的儿子，舒嫚筠内心是痛苦的。

儿子做事业不易，自己岂能不知？但做事与做人都必须清清白白，这也是当初老两口再三叮嘱过的。儿子是怎样的品行，舒嫚筠很清楚，可随着儿子事业逐渐做大，她已经感觉到了儿子在开始变化，而这种变化也正是自己最担心的。

都说当局者迷，儿子走在什么路上，难道自己真的就不明白。真要像吴晗的公公郑志明所说，那就太可怕了。"不参与政治。"这也是当初儿子对她和老伴的承诺，但看看这个社会，又有几个经商的是远离政治的？一旦商人走上政界这条路，多少商人最后的结局不是让人哀婉叹息的。

"吴晗没有被牵扯进来吧?"舒嫚筠看着郑志明。

"她应该没有。我对家庭每一个成员的要求都很严格,不属于自己必须要插手的事情,谁也不允许多管闲事。从目前看,吴晗既没有问过运合生意上的事,运合也没有向她说过任何公司里的问题。亲家这一点我可以请你放宽心,吴晗没有一丁点牵扯。"

"如果他自己有了不光彩的事,再涉及他的妹妹,这孩子真该千刀万剐了。"

"据我了解,运合现在还陷得不是太深,及时唤醒他就非常迫切。根据我过去办案的经验,亲家这次起诉儿子,很可能会阻力很大。"

"难道我自己的儿子,我也管不了?"

"你是母亲,谁也不能剥夺你管束儿子的权利。可有时候,许多事情会产生多米诺效应,每一个环节都紧紧相扣,甚至会发生拔出萝卜带出泥的意外。这一点,亲家必须要有思想准备。"

"阻力再大,我也要把儿子拉回到正道上来。"舒嫚筠下了决心。

"你要把你知道的所有事情,毫无保留一五一十地告诉我。"看着舅舅常侃,张大虎觉得舅舅突然叫他来,有些莫名其妙。

身为吴运合的助理，公司生意上的事情，张大虎是清楚的。他到腾达的4年中，可以毫不夸张地讲，公司的每一项生意都是守法的，没有一次是违规的。

"仔细想一想，看看有没有疏漏。特别是涉及个人问题的事情。"听着常侃的关心话语，张大虎很感激舅舅对自己多年来的呵护。8年前，父母车祸双双离世后，大学毕业在社会上闯荡了几年毫无建树的他，多亏舅舅的帮助，他进了腾达公司。到公司之后，吴运合作为舅舅的老同学，也确实对自己很好，半年多的时间，就让自己成为董事长助理，工作上对自己无比信任，生活中更是倍加关怀，4年来，公司里很多事情基本上都是放权让他处理，而自己也没有辜负吴运合的信赖，兢兢业业地工作，坦坦荡荡地做人，就连吴运合父亲去世，他也是受吴运合的委托，认认真真、圆圆满满地处理得有条不紊，得到了吴运合亲戚和朋友们的高度赞许。

人，活在这个世界上，谁也不容易，但必须要知恩、感恩，要懂得滴水之恩，涌泉相报。在腾达4年，如果让他对吴运合做一个公平、公正的评价，张大虎肯定会说：吴运合是个重情义，讲信用，顶天立地的男子汉。

"怎么了？舅舅，真的没有什么地方违法违规啊。公司的事情我当然是清楚的，个人的事情我又怎么会知道啊。"

"你自己干净不干净？"

"我肯定是干干净净的。"

"从来没有参与过吴运合涉及政治层面的任何私事？"

"没有。吴董的私事我怎么可能参与啊？就只有上次吴董身在国外，受吴董委托处理过其父亲去世的事情。"

"那就好。远离私人是非，做好你的本职工作就行。"

"吴董这么好的一个人，怎么可能会出事啊？我也知道，不就是他母亲要起诉他的家事吗？"

"很多事情你还不懂，家事非小事，世上没有那么多的大事。做事情要谨慎，要多和我商量，记住没？"

"记住了。"

雁过留声。任何事情只要是做了，是不可能没有痕迹的。

坐在省进出口公司副总经理的位置上，梁蕙茹的信息是灵通的。得知丈夫吴运合父亲去世他又身在国外，并非为公司事情奔波，而是为他人办私事，而这个人又是马玉的时候，梁蕙茹的心是冰凉的，什么事情比自己父亲去世还重要？这个男人的心，已经不属于这个家了。

之后，当她再三询问吴运合，究竟出国是办什么重要事情的时候，对方一直没有回答。特别是当连一个招呼都没有，私自取走自己银行卡的100万，也没有任何解释时，梁蕙茹已经在内心深处，对和自己生活了6年的丈夫，彻底失去了信任。

一个人对另一个人不再有信任，尤其是对于一个男人来说，如果让一个心甘情愿把一生都托付给他的女人，对他失去最起码的信任后，接下来的事情，我们都应该知道会出现什么样的后果。

看到法院的离婚判决书，舒嫚筠根本不相信自己看到的是真的。6年中，从来没有红过一次脸的婆媳，一下子有些陌生了，自己辛辛苦苦养育了3年的孙女欣欣，突然就要分别了。刚刚失去老伴，慰藉自己的宝贝疙瘩又要分离，一夜间，舒嫚筠的头发全白了，人也瘦了。在医院躺了20多天，她一直扪心自问：自己究竟是做了什么孽，养了这么个如此大能耐的儿子。

事不遂愿本无话可说，儿女大了，都有了自己的事业，事情上不过多干涉也无可厚非，但母亲不为儿女操心，恐怕就不可能了。

孙女欣欣离开了舒嫚筠，就连监护权也被判给了梁蕙茹，静下心的她，开始思考儿子一步步走到今天的点点滴滴。

儿子从走出大学校门开始，就与人合伙创办公司，29岁自己又单独创业，33岁注册成立腾达公司，这一路走来是让她欣慰和骄傲的。儿子为了事业，婚事一拖再拖，这让她与老伴急得不停地催，就连妹妹吴晗也因为她这个哥哥婚事问题，30岁才出嫁。但让她和老伴高兴的是，儿子娶了一个小他6岁的贤惠媳妇梁蕙茹，并给他们抱上了一个可爱的小孙女。原本幸福的家庭，怎么会突然解体了呢？

金钱难道真可以改变一个人的本质？生意越做越大不假，家庭和亲情去了哪里？没有了家庭，吴运合难道你真的可怜得就只剩下那些金钱了？你真的变了吗，儿子？

刘艺辉是个聪明人，官场的磨砺，让他深懂权术与游戏应该如何玩，怎样才能把握好分寸。

他很清楚吴运合和马玉走得很近，可他从来就装作不知道，也不闻不问。

世事大概都是这样，过分的聪明往往会招惹麻烦上身，揣着明白装糊涂反而适得其反。

平心而论，在他看来，吴运合对官场里的人和事，是没有兴趣的。一个商人，守法经营，做好自己的企业才是吴运合考虑最多的问题。也许正是因为他对自己这个市长心存愧疚，自然与不自然中，吴运合更愿意走近自己。

一个偶然的机会，当吴运合把腾达大厦后边观光电梯的钥匙递给刘艺辉时，刘艺辉先是一怔，之后毫不推辞地接过了钥匙。当刘艺辉很谨慎地把钥匙放进衣兜时，一句"注意影响"很小声的话语，让吴运合心里有了底。

吴运合没有想到，"十一"长假的一天下午，刘艺辉在没有提前告知的情况下，竟然一个人走进了他的办公室。

"刘市长，你怎么来了？"那一刻，吴运合感觉自己不知道说什么好了。

"没事，过来随便看看。"

刘艺辉在公司走了一圈后，让吴运合更惊讶的是刘市长会突然主动提出，要在他这里吃晚饭。

"我看你这里挺安静的，什么都有，吃过晚饭我再回吧。"

难得市长要在自己这里吃饭，吴运合也弄不清自己是鬼使神差,还是有意安排,喊来了肖露露给他们准备晚餐。

当香汗淋漓的肖露露忙了将近1个小时,把一桌丰盛的晚餐拾掇完毕,要起身离开时,刘市长把她留了下来。

晚餐中,气氛相当融洽,吴运合觉得自己的生平里,很少那么开心。

刚开始,他还有些担心刘市长和肖露露会喝多了酒,直到结束,他才发现自己纯属多虑:两个人喝酒都是海量,甚至比自己还能喝。

那次晚餐,持续了将近3个小时。临别时,从刘市长对肖露露依依惜别的眼神里,吴运合捕捉到了他想要看到的一种强烈欲望。

郑志明看着儿媳吴晗,几次想说话,欲言又止。

"爸,有事?有事你就说呗。"善于观察的吴晗,惊讶地问。

"也没什么大事,就是你哥哥的事情,你没有做你母亲的工作?"郑志明问。

"这事啊?爸,你也知道我母亲对哥哥有意见,做女儿的也只能是劝劝,一家人有什么解不开的疙瘩,我也对母亲说几次了,她就是不听,执意要起诉我哥,我这做女儿的也真的没办法啊。"

"是啊,亲情比什么都重要,真要是闹到让法院来解决,也是一件影响很不好的事情。"

"道理是这个道理,可我哥哥也是,不知道每天都在忙什么,我让他和母亲沟通沟通,他连个回话都没有。"

"很多时候,谎话很可能是善意的,但善意的谎言不一定会收到善意的效果。一旦当你说了一句谎言,就需要用另外一个谎言来弥补,可谎言最终还是谎言,是经不起考证的。"

"爸,您难道知道我哥的一些事情?是我哥哥的原因?"

"不做亏心事,何惧鬼敲门啊。"

"爸,您的意思是——"

"这个社会,黑的变不了白的,同样白的也变不了黑的,是非总会有曲直的,一个人心里充满了阳光,又怎么会害怕雾霾呢。"

吴晗看着郑志明,觉得姜还是老的辣,话语里包含着很为深奥的哲理。

"吴董,你怎么让我做这样的事情?"肖露露惊愕地看着吴运合,突然感到他有些陌生。

"这样做也许委屈你了,但有些事,也实属不得已而为之啊。"

"你遇到什么难事了?我可能也帮不上什么忙,但说出来,心里可能就会好受一些。"

"唉,你想想,我这一路走来,其艰难的程度你也许略知一些，如果你稍加思索，就会明白一些问题。如果一个企业没有贵人帮助，我充其量只能是孤掌难鸣，发展起来也不会一帆风顺。"

看着这个曾经叱咤风云的男人，肖露露动了恻隐之心。毕竟，她从内心喜欢他，虽然从没有表白过，可吴运合在她心里已经有着一个不可动摇的位置。他遇到了难处，自己岂能袖手旁观，即使赴汤蹈火，她也要为他分忧。

"其实也没什么，我只是想让你多与刘市长接触接触，也是为了公司今后能更好地发展。"

"如果真是这样，为了公司的长远，我还有什么不能做的！那就依照你的吩咐，往后我与刘市长多接触不就是了。"吴运合看到肖露露的眼神里，流露出一丝极不情愿的哀怨。

扪心自问，把这么好的女孩向火坑里推，自己是不是在伤天害理？可谁又让自己与马玉有了那次荒唐的亲密呢？吴运合听着肖露露答应和刘市长多接触，他的内心是矛盾的，既在自责，又在安慰自己走错的人生一步棋。

正在主持会议的马玉，手机虽然设置了震动，可电话已经是第三次打过来了。她再次看了看那个既熟悉又让她头疼的电话号码，不得不暂时中断会议，走出会议室接听来电。

"你有什么急事？我正在开会！"

"都火烧眉毛了，告诉你吧，我已经从国外回来了，需要马上和你见次面。"

"你怎么回来了？谁让你回来的！也不打个招呼，我正在主持一个紧急会议，哪有时间见你？"

"那好吧，既然你做初一，那我就做十五了。今天，你如果真的不愿意见我，那我也就只好走最后那步棋了。"

"不行！你是不是疯了？"马玉看了一下四周没人，"我警告你，决不允许你这么做！等散会后，我给你打电话吧。"

返回会议室，会议照常进行，只是散会时间比原先预计时间提前了20分钟。

走进办公室，马玉正准备打电话，手机突然又响了，她拿起手机，是父亲马蠿褶打过来的："玉儿，我要去公安部开一个紧急会议，需要离开临江几天。这段时间你尽量少在外边，下班后处理好手中的事情，要早点回家。"

"好的，爸，路上注意安全。"

放下电话，马玉第一个想到的人是吴运合。

欠钱可以还，欠下了人情债，可就是一件很麻烦的事了。

对马玉，吴运合是绝对不反驳的，无论什么时候，只要马玉需要，他都会有求必应，有叫必到。这倒不是因为马玉是临江银行的行长，关键是吴运合每每想到或是看到这个曾经与自己有过一夜之欢，又不声不响离开的女人，他总感觉心里酸酸的。这究竟是本性还是欲望，吴运合自己也弄不清楚，可一旦马玉对他提出要求，自己就会无条件地去完成。奇怪，与梁蕙茹生活了6年，怎么从来就没有过这种感受呢？这难道是人们常说的妻子和情人的差别？而现在，梁蕙茹已经与他离婚，带着孩子离他而去，马玉是自己的情人吗？

　　接过马玉要来找他的电话，吴运合就坐在办公室里等，难得闲暇，他回想自己一路打拼，如今拥有腾达的经历，内心有一种说不出的滋味。事业是成功了，可亲情没了；母亲要起诉自己，妻子与自己离了婚，就连欣欣也不认他这个爸爸了。人啊，究竟是怎么了，没钱的时候拼命挣钱，有了钱以后又怎么会如此凄惨？小时候的单纯与天真踪影皆无，深谙了世事之后，人心怎么会变得如此可恶。难道自己是真的变了吗？

　　女人如果迷恋一个男人，她就会乱了心智，肖露露就是一个乱了心智的女人。

　　她心仪吴运合，想为他分忧。自从吴运合让他多接触刘艺辉之后，肖露露确实主动约过刘艺辉几次，按道理讲，自己只不过是一个普通的女人，吴运合如此看重，刘市长又很喜欢和自己相处，肖露露是满足的，更是欣喜的，这也大概就是人们常说的女人的虚荣心。而上次吴运合在场，刘艺辉对她的轻浮，甚至搂抱，吴运合是看在眼里的，但这个让她心甘情愿为其付出一切的男人，似乎是麻木的，居然没有任何的表示。

　　爱与恨是相生的。当爱温暖到让你感觉心疼的时候，随之而来的就是爱的极致——恨。虽然，不同的人，表达的方式不同，但无论是主动与被动，表现和接受，都是一种虐心的伤害，尽管这种伤害或多或少有着违心的成分。

深秋的雨有些缠绵，恰如要突然分开热恋中的男女，纠缠得让人烦而不舍。毕竟之后的日子，在一场秋雨一场寒中，预示着寒冷的冬天就要来了。

受肖露露的邀请，刘艺辉推开房门，他猛然感到上天恩赐的美人是那么令人心动。作为一个地级市的市长，刘艺辉很佩服吴运合，这个在省里都享有盛名的腾达公司，企业文化无可挑剔：展板、画廊、办公电脑的统一配置，整齐划一的西装革履，高科技时代的快速、便捷，在这个私企里被展现得淋漓尽致。大概正是缘于那身工装的衬托，第一眼看到身材凸凹有致的肖露露，一种馋猫看到美人鱼的欲望就在他心里躁动，一睹真容成了刘艺辉梦寐以求的渴盼。

话又说回来，刘艺辉在官场经历了那么多年的风吹雨打，为了事业32岁才与马玉走进婚姻的殿堂，他什么场面没见过，什么事情没经历过，只是鉴于岳父大人的身份，自己不敢越雷池一步。那种想解脱的欲念很长时间在内心上蹿下跳，如同火山的岩浆暗流涌动。眼前，当这个在梦中都想拥有的美人肖露露，换下工装一袭淡雅的旗袍加身，与自己只有咫尺之隔，前几次的轻微试探，她也没有明显地拒绝，刘艺辉从内心感谢吴运合把这么美丽的一个尤物推荐给自己，也很感谢腾达有这么一个安静得可以让他为所欲为的好场所，就一个箭步把肖露露搂在了怀里。

"门没关。"满脸羞红的肖露露轻轻推开刘艺辉前去关门，身后的刘艺辉再次把她拥入怀中。

"还没吃晚饭呢。"

"今晚我吃你了。"

连搂带抱，刘艺辉把肖露露放倒在里间肖露露的床上，欲火已经把刘艺辉燃烧得手忙脚乱了。

"慢点，别弄疼我。"肖露露娇滴滴的，半推半就。

褪去肖露露的衣服，凝脂般的胴体瞬间让刘艺辉眩晕，飘飘忽忽里，他好像自己就是一位在大海里航行的舵手，忽而浪尖，忽而浪底。那舵彻底失去了操控，一会儿飘飞在空中，一会儿又落在他脚下，双手极力想抓住那飘飞的舵，可怎么抓也抓不住，恍惚中，他感到自己的整个身体只能随着船体在大浪里飞上飞下，一阵儿悬空，一阵儿落下……

一切复归平静，起身穿衣的刘艺辉，猛然发现了肖露露大腿和床单上的血迹，"你还是处女？"肖露露看了他一眼，点了点头。

瞬间，刘艺辉头脑嗡了一声，"唉，你真是一个好女孩，我不能对不起你。"窗外的秋雨越下越大了。

马玉是一个人来找吴运合的。

散会后，她去见了给她打电话的那个人，并把他安顿好后，匆匆忙忙开车过来。对腾达她很熟悉，她有大厦观光电梯的钥匙。

接过吴运合递给她的咖啡，马玉来不及喝，就直奔主题："国外的结果出来了，需要抓紧去处理，一点也不敢耽误。"

"你这么着急？我这儿资金问题还没有落实到位呢。"

"缺口还有多大？"

"你知道，我们做企业都需要流动资金，没有流动资金企业也就运转不起来，我费了九牛二虎之力，朋友托朋友，目前才勉强凑了不到4000万，剩余部分我还正在筹措当中。"

"事不等人，已经来不及了，剩下的那2000万，我来想办法解决吧。"

"时间不早了，我们去吃点东西吧。"

"我就不吃了，得抓紧赶回去。你把资金准备好，等我资金到位后，马上通知你，事不宜迟，需要抓紧去一趟，把问题尽快处理了。"

送走马玉后，吴运合怅然若失，她弄不明白马玉为什么会这么火急火燎地来，又匆匆忙忙地走，他们的那家国外公司，究竟出了多大的事情。反正自己能帮的已经帮过了，上次就是因为帮她，去了国外，连自己父亲去世也没能回家守孝，惹得母亲生气要起诉自己。现在看来，马玉亲自登门来找他求助，肯定是遇到了大麻烦，既然帮了，就干脆帮到底吧。

刘栋看着坐在对面的舒嫚筠，很是心疼这个已年过古稀满头银发的阿姨。按说，这个年纪本来是应该颐养天年了，可舒姨老伴没了，儿媳走了，就连心头肉的小孙女也走了。一双儿女，吴运合忙着企业，吴晗忙着区里的工作，丢下老人孤苦伶仃的，身边连个照顾的人都没有。想到此，刘栋不禁在心里埋怨起吴运合来。吴运合啊吴运合，你这当儿子的，怎么能够让老人对你如此寒心呢？干事业固然重要，难道你的亲生母亲，你都不照顾？

刘栋起身给舒嫚筠倒了一杯热水，也只有劝劝的分了。

"舒阿姨，你的诉求我们已经告知了运合，他由于忙于公司的事务，委托了公司的律师来全权处理你的起诉。院里考虑到你儿子身份特殊，他是知名的企业家，对你的这次起诉，初步打算不进行公开审理，这样的话，就需要征求一下阿姨你的意见，如果你同意，法院就会本着调解的思路进行解决。如果你有什么意见，可以说出来。"

"不管他有多么忙，我只想见见我儿子。"

"如果您想见吴运合，我觉得这应该不是什么困难的事情，具体见面我来安排如何？舒姨准备什么时间在哪里见他呢？"

"请你转告他，让他明天回家，我在家里等他！"

"好。我让运合明天回去见你。"

送走了舒嫚筠，刘栋长舒了一口气，感到悬着的心终于落了地，看来常副院长交代了多次的这个母亲诉讼儿子的案子，并没有想象得那么复杂。说到天边，毕竟是母子之间的矛盾，没有那么棘手。于是，刘栋就开始给吴运合打电话，可怎么打，吴运合的手机就是无法接通，拨了几次张大虎的手机，也是关机。

有时候就是这样，很多事情想着简单，做起来就困难多了。但刘栋觉得自己是答应了舒阿姨的事情，决不能让她失望，一定要把吴运合明天回家见母亲的事情落实好了。

挂完刘栋庭长的电话,肖露露也试着拨打了几次吴运合的手机,但一直是关机状态。两个人说是去省里的分公司办事,再给张大虎打电话,也是打不通,大概是在开什么会议吧,或者信号被屏蔽了?肖露露想。

正思索中,张大虎的电话打过来了,大意是他和吴董一到省城,俩人就分开了,张大虎去一家子公司处理业务,吴运合则是直接去了省银行,而且交代张大虎,要多操心公司的事情,他很可能要去一趟国外。

什么事情比母亲起诉自己还重要?这节骨眼上,又要出国?出国干什么去啊?再说,公司在国外也没有什么业务啊,作为企业的董事长,不好好待在企业里,没事总往国外跑,这葫芦里究竟卖的是什么药啊?肖露露既有些生气也觉得纳闷不理解。正胡思乱想中,肖露露猛然记起,似乎听到过刘艺辉对自己提到过一句半句吴运合出国的事情,当时也没在意,难道刘艺辉知道吴董出国的原因?不行,得了解一下吴董出国究竟是干什么去了,也好劝劝这个她心仪已久的男人。要不,自己什么都不知道,还怎么能表现出自己关心他?何况,刚刚刘栋庭长打电话,法院这边还急等着要调解他们母子之间的矛盾呢。

看着躺在自己怀里、一脸好奇、打破砂锅问到底的肖露露，刘艺辉打心眼里疼她。谙熟了仕途中做什么事情都必须谨小慎微的刘艺辉，虽然对吴运合出国的原因略知一二，但这毕竟是不能说的事情，何况马玉是马蓥褶的女儿，也是自己的妻子，即使再不爱马玉，但家庭还是需要维系的，被送到国外读书尚未成年的女儿也是无辜的。

"有些事情，我认为你还是不知道好些。"

"哎哟，这会儿我不是你宝贝了？难道你看着宝贝难受，你都不心疼了？人家只是想知道知道原因嘛，你就不说了？快告诉我呗，宝贝想知道嘛。"

经不住肖露露的软缠硬磨，刘艺辉把自己知道的几乎所有关于吴运合出国帮助马玉的前因后果，都毫无保留地讲给了肖露露。

听天书般的肖露露，时而大张着嘴，时而瞪大眼睛，连最后刘艺辉叮嘱她的话也没有听清楚。

"傻了？不能向任何人讲的！"

"嗯嗯，知道，知道。"肖露露一头拱进了刘艺辉的怀里。

吴运合做梦也想不到，他刚刚在异国的土地上安置好，还没来得及在宾馆里歇息，马玉的电话就来了，问他住在什么地方，马上就赶过来。

天啊，1万多公里14个小时的转机飞行，难道航班挨着航班，为什么不一起过来呢？都说外国的月亮圆，吴运合已经是第二次来到这个被国内很多人说成是天堂的国度了，他真的没有觉得这里有什么地方比自己的祖国好。就拿这所谓的星级宾馆来讲，与家乡的星级宾馆比较，也没什么特大的区别。

半小时后，马玉真的就过来了。

"我先倒一下时差，休息一会儿。"马玉匆匆洗漱之后，几乎是当着吴运合的面，赤裸裸地躺倒在偌大的双人床上，睡了。

看着曾经也是在宾馆里和自己有着肌肤之亲，现在一躺下就进入了梦乡里的马玉，坐在床边的吴运合，心里像是打翻了五味瓶，说不上究竟是什么滋味。说句真心话，他是感谢马玉的，几年来，这个省行的行长，对自己确实不薄，企业资金上从来没有遇到过什么坎儿，这一点，马玉功不可没。工作的顺心如意并不能代表生活中的事事遂心，4年来，自己的生活发生了很大的反转，对他向来温顺的妻子梁蕙茹离开了他，就连亲生母亲也对自己提起了诉讼。人啊，究竟怎么做，才是所有人喜欢的那一个。

"我带你飞，风温柔地吹……"正胡思乱想时，吴运合手机响了。

"吴董，你现在在哪里？"是刘栋打来的，吴运合看了一眼熟睡中的马玉，为不影响她休息，他踮着脚走进了洗漱间。

"刘庭长，有什么事吗？我现在在国外。"作为朋友，吴运合对这个庭长并不反感，说了实话。

"是这样，前天舒阿姨来了我这儿，谈及你们母子之间的事情，她说就想和你这个儿子好好谈谈，这事我也答应了，说让你回去见她的，等你两天了，找不到你人也联系不上你啊。"

"谢谢刘庭长，让你费心了。麻烦你转告我母亲，两天后我就回国，第一时间就去见她老人家，好吗？"

"你确定吗？两天后你能回来？"

"确定，两天后就回去。"

"那好吧，你要当回事的，不能让你母亲再伤心了，那我转告舒姨吧，这是我答应老人家的事情，你一定要见的，家庭矛盾还是自己解决比较好些。"

"放心吧，一定！谢谢你，费心了。"

"谁的电话？那么神秘？还背着我接？你也不累，来，陪我休息会儿吧。"走出洗漱间，吴运合发现马玉正坐在床上盯着他。

"也没什么大事，公司业务上的事情。"吴运合走到马玉身边，刚想坐下，被马玉一把拉倒在床上……

"进来——"

随着敲门声，办公室的门一打开，吴晗吓了一跳，魏自明给了她一个突然袭击。

"老同学，这是什么风把你给吹来了？"作为政法系毕业的同学，魏自明是他们那一届中最让同学们羡慕的一个。这倒不是因为魏自明一毕业就直接进了中纪委，而是因为所学的专业对口，没有白学。看看如今各类大专院校毕业的学生，在就业中经历了多少磨难，好不容易找到了一份工作，可又有几个能够是学有所用，很大一部分都是到了一个崭新的领域，需要再重新学习，确实浪费了不少的精力。

"也没有什么事情，只是来你们临江出差，听说你这个美女同学当了川南区的区长，过来叨扰。"

"叨扰？请都请不来的贵客，说什么叨扰啊。"吴晗给魏自明递上茶水，"说说你吧，老同学，在中纪委干得不错吧？"

"也没什么不同，只是工作分工不一样而已。"魏自明笑着说。

"怎么了？你怕什么？知道你们规定严，也不求你办什么事情啊。"吴晗调侃魏自明。

"同学就是同学，简直是肚子里的蛔虫，什么事情都知道。"两人哈哈大笑。

"看你挺忙的，我就不影响你这个区长的工作了，我还要去一趟省里，等有机会再找你聊吧。"魏自明说着就要起身离开。

"这怎么可以？看不起老同学啊？从毕业到现在好不容易见了一次面，中午就不说了，你最清楚现在有个'八不准'，于公于私上班时间是不允许喝酒的，晚上我个人请客，咱们老同学叙叙旧。"吴晗挽留魏自明。

"当了区长就是有境界，这与你在学校简直判若两人。"魏自明笑了，看着吴晗也调侃起来，"想想你在学校的样子，我现在都想笑。"

"那时候，年龄小，没有社会经验，哪像你们男同学大大咧咧，敢作敢为啊。"

"也是，男同学和女同学本来就有差别的，你这个不善言谈的女同学，现在不是也当了区长了吗？"

"不说这个了，晚上我们坐坐。"

"先谢谢老同学，你的心意我领了，确实有公务在身，我真得抓紧时间赶到省里去，而且还要去一趟你们省公安厅，希望你这个区长，有时间到京城做客。"

送走魏自明，吴晗陷入了思索，魏自明无事不登三宝殿，怎么会突然来临江呢，是不是预示着中央巡视组要来临江巡视了。

从刘艺辉那里得知吴运合到国外的原因后，肖露露几乎一夜没有睡。因为心里牵挂着吴运合，她几次想打电话，都感觉不妥，说不定吴运合正和马玉在一起呢。

一个女人如果为她心中的男人操心，男人是幸福的。尽管肖露露明白吴运合安排她接触刘艺辉的目的，她心里有一百个不情愿，但她实实在在心疼吴运合；也尽管吴运合拱手把她的初夜给了刘艺辉，肖露露不记恨吴运合，反而更能理解吴运合做企业真的不易。

很多时候，我们都说女人傻，倘若一个男人真正遇到一个痴心自己的傻女人，这个男人即使再累，也是值得的。

肖露露爱吴运合，尽管她一直深藏于心，但她也知道吴运合对自己是揣着明白装糊涂，这又怎么可以表白呢？在肖露露的意识里，有些东西是不能强求的，命里没有的，强求也没用。所谓"命中只有三合米，跑遍天下不满升"，大概就是这个道理。就像臭豆腐，好多人连那个味都不敢闻，有些人吃起来却特别香。萝卜白菜，各有所爱，任何人也没有权利去勉强别人做人家不愿意做的事情，可肖露露感到自己是个例外。

　　吴运合去了哪里，肖露露就感觉自己的心跟着飞到了哪里。他毕竟不是一个没有判断力的人，难道马玉真的会让他迷失了心智？放着好好的生意不做，偏偏要搅入政治的旋涡中。这样下去确实不是办法，到了该提醒他的时候了，不能让别人把自己卖了，自己还高高兴兴地帮人家数钱呢。

　　都说老年人的心是相通的，年轻人体会不到老人的感受。

　　对于舒嫚筠目前的情况，郑志明能够体会到她心里有多么痛苦，这种痛苦是老年人在失望后，心里那种难以名状的悲凉。而自己也是出于对孩子们的关心，不让吴晗过多参与他们母子之间的矛盾，实际上也是对吴晗的一种保护。所谓针没两头快，这样做，就更让舒嫚筠这位孤独的老人雪上加霜了。

　　作为儿女亲家，能够尽力纾解舒嫚筠心中的痛苦，适当给她一些合理的建议，也算是一种力所能及的安慰。

　　看着满脸憔悴的舒嫚筠，郑志明心里何尝不难受。

　　"我知道你心里不痛快，但一定要坚强。"

　　"也没有什么痛快不痛快的，只是感觉运合这孩子，心里是不是也有什么难言的苦衷。"

"路，都是自己走的，运合不是一个没有理智的人，什么事情应该有自己的判断。只是当一个人被蒙在鼓里的时候，就不可能看清另一个人的真正面目。"

"法院也在努力帮助我，想让我和他好好谈谈。"

"思路没错，他毕竟是省里、市里的优秀企业家。"

"为什么他总是那么忙，没有时间见我这个母亲？"

"身不由己的事情实在很多，也许他也想见你，确实又抽不出时间。"

"你也知道，看看这些年运合都忙了些什么？家都没有了。没了家，他挣再多的钱又有什么用啊？"

"你说得很对，人比钱重要。"

"唉，他又去了国外。"

"是的，他去国外我也知道。据说，还是为给某一个人去办私事。"

"别人的事情与他有什么关系？"

"这难说。好多事情，好心未必就办好事。"

"他会不会被人利用了，自己还傻乎乎的？"

"事情在没有弄清楚以前，无法下结论。"

"我最担心的就是会出现这种事情，所以，我想尽快让他迷途知返。"

"我能理解你作为母亲的良苦用心。"

"法院告诉我，他近几天就回来，回来第一时间回去见我。"

"好好和运合谈谈。作为亲家，有一件事情我必须告诉你，巡视组要来临江了，很可能与运合这次出国有关系。"

"有那么严重吗？"

"是的。但事情本身与他没有什么直接联系。"

"但愿运合这孩子没有陷得太深。"舒嫚筠像是对郑志明说，又像是在对自己说。

"我带你飞，风温柔地吹……"

电话是肖露露打来的，意思是关心他在国外的食宿情况，最重要的是说，已经年底了，审计部门一年一度对企业进行审计的工作要开始了，吴运合这个法人必须要在企业，时间紧，不能拖延。

放下手机，吴运合发现马玉正含情脉脉地看着自己，那双几乎会说话的眼睛似乎在问他："谁的电话啊？"

"露露打来的，我要抓紧回去，企业要年度审计。"

"我知道，还有一件更重要的事情，你母亲起诉你了，需要尽快处理。"听着紧紧抱着自己的马玉说出这样的话，吴运合很震惊。

"这件事情，你怎么会知道？"

"我怎么就不能知道？我父亲一直在给法院打招呼啊。"

"你父亲？他也知道？"

突然间，吴运合感觉自己好像被剥光了衣服，赤裸裸的，很尴尬。自己家里的事情，怎么可能会惊动省里的马副书记呢。

"没有什么值得大惊小怪的，这么多年，父亲对你的企业一直都很关心。"马玉更紧地抱住吴运合。

"不管如何，我必须得马上回去，企业年度审计可不是什么小事。"

"好吧，我听你的，今天我就把这里的事情处理完，咱们明天就飞回去。"

接到巡视组组长的任命，从正部级退下来后，廖清辉没想到组织会把这么重的担子，再次压在自己的肩上。而且让他颇为感动的是，巡视组成员由他自己确定后报备，这让廖清辉意识到，此次巡视工作不同寻常。

为了不辜负这份信任，廖清辉就提前一个星期，把曾经跟自己工作过的魏自明找来，安排他去了临江打前站。魏自明作为中纪委监察室的副主任，不但处事很沉稳，而且工作作风干练，深受廖清辉的赞赏。

到临江才3天，魏自明就反馈回来信息，所有准备工作准备就绪，就连巡视组下榻的宾馆，也是他很用心地安排在临江郊区一个僻静的地方，据魏自明介绍环境与交通条件都很是不错，适宜巡视组开展工作。

再有能力的人，也是需要有帮手的，廖清辉对魏自明真的很放心。

依照中央统一部署，明天就要启程去临江了，廖清辉仔细整理了一下组织交代的重点后，拨通了魏自明的手机："省里虽然很清楚我们去的时间，但尽量不要麻烦接待，我们会提前3个小时到达机场，直接去驻地。"

"这个我已与省里沟通过，不兴师动众，我们自己乘车到宾馆。"魏自明说。

"那就好，此次巡视的重点，你也清楚，还是之前那句话：明修栈道，暗度陈仓。"

"好的，一切服从领导安排。"

肖露露是特意开车到机场接吴运合的。

按照肖露露自己的想法，她要把从刘艺辉那里了解到的吴运合出国的内幕，私底下一五一十地告诉吴运合，并且要载着他去见舒嫚筠。因为，她答应过刘栋，吴运合回国后，第一时间去见他的母亲。

做人必须诚信，这是肖露露对自己的要求。

可出乎预料的事情真的就发生了，提前5分钟赶到机场，眼看着飞机降落，机场出口几乎没有人了，就是没见吴运合的影子。急得肖露露不停地拨打着吴运合的电话，可吴运合的手机一直关机。

"怎么回事啊？难道没有赶上这趟航班？"肖露露知道，吴运合从转机的机场到临江还有一趟航班，但需要一个半小时以后才能到达。怎么办呢？既然是来接他的，那就只能等了，肖露露决定再等下一个航班降落。

计划没有变化快。吴运合和马玉没有误机，准时准点地降落在临江，只是两人没有走机场出口，是走特殊通道被接到了省委。

这是马玉父亲、省委马副书记的安排。按照马玉的要求，吴运合和她的手机，降落后是不可以开机的，所以，肖露露打电话自然也就打不通了。

走出机舱，呼吸到家乡的空气，吴运合觉得很舒服，当轿车驶进省委大院的时候，吴运合却莫名地感到压抑。原本以为帮助马玉把国外的事情已经处理好了，自己就可以回家见母亲的，谁料飞机还没有落地，马玉突然告诉他，回国之前，她就接到了父亲的指示，到临江后不要开机，两人到机场的特殊通道，到省委来，有重要事情需要交代。至于马玉的父亲马副书记，他只是见过两次，那都是远距离的，今天要面对面，吴运合有些忐忑。

"我就不见你爸了，再说你们国外公司的事情，我也说不出个子丑寅卯。"吴运合拉了一下马玉的胳膊。

"这个我说了不算，等会看我爸怎么安排。"

"你就给你爸说说呗，具体情况我也不清楚，一问三不知的。"

"到了，前面就是了。"说话间，车已经停在一栋三层小楼的门口，还没等他俩下车，后车门已经从外边打开了。

"李叔叔，怎么是你啊，我爸呢？"

两人下车，马玉就忙着介绍："这是我爸的秘书李叔叔，这位是山川市腾达公司的吴董。"

李秘书与吴运合握了一下手说："马书记正在会见一位客人，你俩舟车劳顿，请到会客室稍等。"

三人走进一楼的一个房间，吴运合发现这是一个书房兼会客室，面积大概在60平方米，家具虽然简陋，但摆放规整有序，那一字摆开的三个书橱里，装满了书籍，靠边的一个桌子上，铺着毡子和宣纸。显然，主人是个文化人，满屋的书卷气，尤其是墙上"宁静致远"四个大字，苍劲有力，看得出来，那是一位书法名家的真迹，力透纸背。

几分钟后，还没等吴运合完全定下神来，李秘书就过来了："马玉，你爸让你过去一下。吴董，麻烦你在这里等一会儿。"

马玉站起身，看了一眼吴运合，向他伸了伸舌头。

郑志明怎么也想不到，廖清辉会到山川来，而且能够亲自到自己家里来看他。

说起自己与廖清辉认识，还真是缘分。十几年前，当时在山川市纪委书记任上的时候，他与省纪委的同志一起去京城汇报市里的一个案子，时任中纪委副书记的廖清辉，是督办山川市案子的主要负责人，当他们详细汇报完案子的进展情况后，已经是晚上10点多了。由于工作误了饭点，廖清辉就提议自己掏腰包，请他们去品尝京城的小吃。那晚，在京城那个出了名的夜市一条街，郑志明一口气吃了8只小龙虾，正当他不好意思再吃时,廖清辉又给他夹了一只:"再来一只嘛,9是一个吉利数字,九九事成啊。"惹得大家哈哈大笑。

也就是从那时开始,郑志明感受到了这位领导的亲切与平和,在此后的工作交往中,两人不仅结下深厚的友谊,而且也直接影响了郑志明,更坚定了他做好人民公仆的决心和信心。

"领导如此忙碌,怎么会有时间到山川来?"

"你曾是山川市的纪委书记,所以,有些事情我也没必要瞒你。这次我是受命来临江巡视,你可能也知道,主要考虑到临江的情况你比较熟悉,所以我才特意来找你,了解了解临江的情况啊。"

"这怎么可以啊?我自从退下来以后,就不再涉足政治上的事情了。"

"这个你就不要有什么顾虑了,实际上我也早就知道,你在任上时兢兢业业,退下来后能够摆正心态,真正把心收回来,不参与政事,这一点我也很佩服你的。如果所有退下来的干部,都能够像你这样胸怀坦荡,严以律己就好了。可现实中我们很多退下来的干部,心态出了问题,总有一种人走茶凉的想法,千方百计要找回存在感,让很多事情办起来增添了不必要的麻烦。事实是,退下来想着发挥余热,原本是一件很好的事情,但过多地干预,就会成为一个地方发展的壁垒了。"

"领导的意思是——"

"也没什么,生脚踏生地,是想了解一下临江的情况。只有知己知彼,才能少走弯路。我今天之所以过来找你,就是想尽快地熟悉熟悉临江的现状,好开展工作,完成好此次巡视的任务。鉴于你我的关系，为了避嫌，在以后的工作中，我会尽量让自明同志多来向你请教，希望你能够多支持我们的工作。"

"领导说远了，虽然说我已经退休了，但为党工作的这点觉悟还是有的，请领导放心，力所能及的事情，我当然会不遗余力。"

"那就好，说明我今天没有白来。"

在每个人的人生经历中，等人的过程可能是感觉时间过得最慢的事了。这倒不是因为时针会突然间走得很慢，主要是由于等人的时候心里焦急造成的。

左等右等，眼瞅着航班落下又飞走，肖露露始终没能看见吴运合从机场的出口出来，频繁地拨打吴运合的手机，提示的总是无法接通。关机了？为什么关机呢？难道真的有事耽误了，没有回来？是接着等，还是自己先回山川，肖露露正犹豫间，吴运合电话打过来了。

"吴董，你没有回来吗？"肖露露显然有些着急。

"露露，我已经回来了，你在哪里？一下飞机我就直接到省委来了，有急事，忘了给你打电话说一下了。"

"又有什么急事啊？我在机场等你快两个小时了，我得接你回山川啊。"

"不用接我了，你回吧，我已经坐上去京城的高铁了。"

"怎么又要出门啊？舒姨还在家等着你呢。"

"领导突然安排的事情,不差这一天的,回来我就去见我妈。你就不用等我了,辛苦了,回山川吧。"

鞋大鞋小脚知道,人好人坏心知道。肖露露生气了,吴董啊吴董,你咋就那么多事呢?这不明摆着让我失信于舒姨吗?我可怎么给舒姨说呢?但生气归生气,她内心还是关怀和感激吴运合的,在她看来,像吴运合这样的好人,平生她遇到的真不多,既然遇到了,就必须知恩图报。

看来,人是接不到了,只能回山川。突然一个念头在她心中闪过:为什么自己就不能去看望舒姨呢?

驱车从省城到山川,一江之隔,也就40分钟的样子,肖露露的车就停靠在了舒嫚筠的门口。

正忙着做中午饭的舒嫚筠,看到肖露露,有些惊讶:"闺女,你怎么来了?"

"想阿姨了,路过,来看看您老人家。我带了食材,阿姨您歇着吧,我来做饭。"

"那怎么可以,到我这里,你就是客人,哪有让客人做饭的道理?"

"阿姨,您客气了,我不是客人啊。刚才您还叫我闺女呢,您老人家如果不嫌弃,我还真想做您的闺女。"

"这孩子真会说话,我怎么能嫌弃你这么好的闺女啊。你做,你做。"肖露露把舒嫚筠逗得笑了起来。

肖露露与舒嫚筠简单地吃过饭,看着肖露露收拾碗筷,舒嫚筠打心里喜欢她。

"孩子,运合对你好吗?"

肖露露一怔，阿姨怎么会问这样的问题。

"吴董对我很好啊。"

"要是我那不肖之子对不住你，你可要多担待啊。"

"怎么会呢？阿姨，吴董是个好人。"

"是啊，运合这孩子本质不坏。唉！"

听着舒嫚筠叹气，肖露露莫名地有些伤感，吴运合在她心里何尝不是牵挂。但很多事情，她无法过问，虽然通过刘艺辉，肖露露知道了一些内情，自己也打算尽早告知他，可很多时候，是没有机会说的。就像今天，早就盘算好了的事情，又亲自到机场接吴运合，最终连个人影都没有见到，何况，这样的事情又不是打个电话就能说得清楚的，肖露露内心何尝不着急呢？再看看舒阿姨，母亲起诉儿子，做母亲的又有怎样的不得已？俗话说，虎毒不食子。同为女性，阿姨的苦衷，肖露露多多少少能够体会到一些。

坐在自己面前的舒阿姨，现在最需要的是安慰，自己又何尝不是？面对舒嫚筠，肖露露只有欺骗自己，装作没事的样子笑着说："阿姨，吴董是什么样的人，我是清楚的。我在公司5年了，可以说，腾达没有做过一件违纪违法的事，至于吴董本人，他一直还是省里和市里的优秀企业家呢。"

"闺女，这些我都知道，你也是个好孩子，但愿运合能够像你说得那么好。"

吴运合不得不佩服马玉的爸爸，他这个省委的副书记，人虽然在临江，居然在京城也可以呼风唤雨。

走出客运南站，就如同马玉对他交代过的一样，一辆再平常不过的黑色奥迪 A6 就在站前等着他了。心里有事，就无暇观看沿路的风景，奥迪车在市区七扭八拐，进了一个从外边看不出有什么特别，但院内路宽、树绿，环境极为优美，一栋一栋独立别墅整齐坐落，每家门口都有武警站岗的一个偌大住宅区。

这里居住的不是一般人。这是吴运合的直观感受。

吴运合是对的。这个院子一栋一栋的别墅，分布错落极为有序，路上、房前屋后都安装着高清摄像头，就连站岗的武警也一脸严肃。

"这是什么地方？"吴运合显然有点故意地求证司机。

"这里是首长们居住的地方，下车后，请注意你的言行举止。"司机头也不回地应了一句。

奥迪车在一栋别墅门前停下，站岗的武警很礼貌地帮吴运合打开了后车门。

走下车，一位个子不高煞是白净的中年男子，从门口走向吴运合："你好，吴董，欢迎你的到来，我是首长的生活秘书，叫我罗秘书就行。"

"罗秘书客气了。"

"首长本来要亲自见你的，但刚才接到通知，有一个紧急会议必须要参加，才离开，你先进屋喝杯水，休息一下。"在罗秘书的引领下，吴运合走进别墅一层的一个房间，踏进房间，吴运合突然感觉自己简直就是刘姥姥，无论是地下铺的、墙上挂的，还是室内摆放的，让他这个自以为见过世面的人，惊讶又震撼：每一件物品都是那么亮眼，珍稀里投射出独一无二的昂贵。吴运合啊吴运合，你原本是一个经商的人，也曾经答应过父母不涉足政治，而今，却因为搭上了马玉这条船，无意中看到了权力的分量，这里的主人有更高的级别，一个小地方的小企业，自己岂能如此没有自知之明？想到此，吴运合感觉自己就像一只海鸥，突然跌落到一头大鲸的背上，寒意透彻身心，退却之意油然而生。

接过罗秘书递给自己的茶水，吴运合象征性地喝了一口，放在茶几上："罗秘书，首长既然如此繁忙，我就更不应该再打扰了。这次来，主要是受命拿一样东西，你就直接让我带走就行了。"

"喝杯茶吧，不用这么着急的。"

"我来一趟不容易，还要去办其他的事情，就不等首长了。"

"你真要有别的事情需要办的话，那就不耽误你的时间了。首长走的时候，也交代过我，说是等你到了，把这个东西给你。"罗秘书说着，从衣兜里掏出一个U盘，"就是这个U盘，加了密的，麻烦你带回去直接交给刘艺辉市长就可以了。"罗秘书把U盘递给吴运合。

听到"刘艺辉"三个字，吴运合不自觉地有点讶然，但多年在商海里的摸爬滚打，还是让他不亢不卑丝毫没有表露出来，吴运合很自然地接过罗秘书递过来的U盘："烦请罗秘书给首长带个好，那我就走了。"

"好吧，有机会再来做客，我让司机送你吧。"

"谢谢罗秘书了。"

很多时候，人是被动的，一旦走错了路，再想回头是很难的。

20多年前，刘艺辉还是一个科级干部，让他意想不到的是，机缘巧合，在他到支援边疆挂职锻炼的时候，有幸结识了和自己一样援疆的领导，也就是现在的首长。

在挂职援疆的5年中，虽然条件有些艰苦，但刘艺辉的心情是快乐的。因为对他来说，自己没有任何人脉关系，在这里他遇到了恩人。之后的20多年时间里，因为首长的提携，工作岗位不断变化，让他有了广泛的人际交往，并从最基层的科级，一步一步走到了现在的厅级，也就是当年首长挂职时的级别，期间，又因为首长的牵线，他又与省委副书记的女儿马玉喜结连理。

幸福是从苦难中奋斗出来的，这一点刘艺辉坚信。但幸福这个词汇，不同的人就会有不同的感受和理解，真正的幸福是什么？当然是心安理得和问心无愧。这些，刘艺辉心里跟明镜似的。

自己幸福了，就要学会知恩和感恩。说到感恩，方式方法就多种多样，见仁见智。对刘艺辉而言，自己也确实是滴水之恩、涌泉相报的人，多年来他对有恩于自己的首长，感激有加，也总会投桃报李。尤其是在省城工作的几年，逢年过节刘艺辉都会亲自到首长家里走走，个中情由虽然摆不上桌面，但感恩的成分自然是主要原因。

也许，人都有逆反心理，只是表现不同，制与被制是相对又可以相互转换的。

刘艺辉极为佩服那些善于总结的前人，什么物以类聚，人以群分，什么近朱者赤，近墨者黑等，对官场，刘艺辉就像油锅里翻来覆去焦黄的油条，这山头，那圈子，他都游离在周围，若即若离。因为刘艺辉心里明白，在当今法制逐渐完善的大气候下，山头不牢，圈子不稳，迟早逃不过会被清理和收拾的一天。

孙悟空一个筋斗十万八千里，如来的手掌就只有那么大，孙悟空为什么总是无法逃离如来的手掌呢。

正是如此，当刘艺辉很谨慎地仔细看完首长让吴运合转交给他的U盘，他比孙悟空郁闷多了。毕竟自己是凡胎肉身，72变他一个也不会。

给舒嫚筠递上茶水，常侃才发现，这个在记忆里永远也抹不去的阿姨，岁月的沧桑在她的身上体现得淋漓尽致：满脸的皱纹、花白的头发、佝偻的腰身，一切都充分证明阿姨已经老了。

"你是我看着长大的，又和运合是同学，帮阿姨分析分析，这孩子到底是不是变了？"舒嫚筠几乎是瞪着眼睛问常侃。

"这怎么回答呢？阿姨的心思常侃一清二楚。可对吴运合的情况，他实在知之甚微。但为了安慰舒嫚筠，常侃还是尽力为吴运合说好话："怎么可能呢？我不了解他，您老对他还不清楚？运合是个干事业的人，公司里的事情多了，就难免对家庭关心少了。"

"倒不是抱怨他对家庭关心少，家都散了，还怎么关心？我担心他是不是真的就走上了邪路。"

"邪路？社会的确复杂，可运合是一个商人。商人都是精明的人，运合会轻易上当受骗？放心吧，舒姨。"常侃说完，感觉自己都不相信自己说的，一个经常不回家的人，肯定有一千个不回家的理由。况且，吴运合的家呢？

"照你所说，商人都精于算计，所以是不会被别人算计的？"

"也不是这个意思，舒姨。我的意思是商人是不会轻易上当受骗的。"

"我不糊涂，孩子。我知道你在给我说宽心话，但我只是想尽快见到运合，只有见了他，心里才踏实。"

"好。我会尽快通知运合，让他早日见您老人家。"

刑天舞干戚，猛志固常在。如山一样的男人，有时候也是非常脆弱的。尤其是当一个男人无论是在职场、官场，还是在商场打拼遭遇逆境，抑或挫折，又没有人倾诉时，其内心的痛楚是可想而知的。

接到刘艺辉要见自己的电话，肖露露的心情是复杂的。让她高兴的是，虽然见不到吴运合，但总可以通过刘艺辉这个市长知道吴运合究竟在忙些什么；厌烦的是，作为一市之长的刘艺辉，不知道他的工作是如何卖力，色心却很重，每次与她见面，那种折腾让她很反感。在肖露露看来，男女之间，如果没有两情相悦，就做那种事情简直是活受罪。

说曹操，曹操就到。肖露露还没有做好充分的思想准备，刘艺辉就来了。

"天气预报有雪，天冷了，过来看看你。"刘艺辉显得很客气。

"是应该下一场大雪了，天干物燥，雾霾严重，空气需要清新清新了。"肖露露突然惊讶，自己怎么会说出这样的话。

"哈哈，有高度，话语深刻。"

给刘艺辉沏上茶水，肖露露拉了一把椅子坐在对面。

"雪片茶，口感不错。"肖露露佩服刘艺辉这品茶的功夫，这确实是她昨天托了好几个朋友，才刚刚买到的新下来的雪片茶。

"你们吴董在忙什么？好一阵子没有见到他人了。"

"这我怎么知道，你堂堂的市长，难道不知道吴董的行踪？"

"是啊，自从上次他从京城给我捎东西回来，确实没有见过他，他是真忙啊。"

"吴董再忙，也没有你这个市长忙吧？"肖露露看着刘艺辉。

"呵呵，到底是一个屋檐下的人，说话带有庇护的味道啊。"

"没那么严重吧？我说的是大实话。"

"也是，你们吴董怎么会比我忙？市里工作千头万绪不说，何况，最近我还要去趟京城。"

"去京城？干什么？"

"见一下过去的老领导，汇报汇报工作。"

"我看是联络感情吧。你们官场里的事情我还真弄不懂。既然过来了，你就说说我们吴董，他最近一直没有回来，究竟在忙些啥啊？"

"应该是在省里，帮我那个岳父马副书记跑腿办事。"

"你是女婿，怎么不找你跑腿呢？"

"官场，你刚才说的官场，这里面复杂着呢。"

"给我讲讲呗，有多复杂？"

"想听？"

"想听。"

"今天不行，我等会还要去开个会，有机会吧。"刘艺辉说着，站起身，"来，让我亲一下。"

"大白天的，你一个市长也不注意影响？赶紧去忙正事吧。"

看着刘艺辉离去，肖露露心里犯起了嘀咕：吴董啊吴董，你是不是喝了迷魂药了？放着正事不干，去做一些八竿子打不着的事情，究竟是为什么啊？

天气预报很准。雪是傍晚的时候下的，雪花鹅毛般就像追梦的精灵,轻柔地在无风的旷野自由地飞翔,昏黄的天与泛白的大地,让傍黑的整个世界多了一丝亮色,雪花推迟了黑夜大幕的恣意铺开。

吴运合费了好大的劲,整理完省城里很久没有住过的宅院,环顾四周,感觉自己被孤独包围,原本想静一静的想法,却无法让他安静。看着窗外飘飞的鹅毛大雪,他的心里有一种说不出的伤感。

他弄不清楚,与马玉从国外回临江已经两天了,为什么马玉说她爸爸转告,让自己暂时先不要回山川;也弄不明白,马玉让他收拾这个很久没有住进来的省城宅院有何用意。

确实,让吴运合更难以释怀的,是他去找了梁蕙茹三次,不在单位,不在她家里,他想见见女儿欣欣也实现不了。吴运合知道,与梁蕙茹离婚以后,梁蕙茹手机换号是不想让自己打扰,自己也不是那种死皮赖脸的人,在一起生活是一家人,分手了也应该是朋友,可自己的女儿,怎么想见见咋就这么困难呢?

"我带你飞,风温柔地吹……"

电话是肖露露打来的。

"吴董,您在哪里?"

"我在省城。"

"下雪了,千万要注意安全。"

"谢谢,我知道,你也要注意保暖。"

"有些话我想告诉你,可电话上说不清楚。另外,年底的财务报表已经做出来了,审计马上也要开始了,这件事是需要您必须在场的，吴董什么时间回公司啊？"

"最近几天吧，我不在公司，就需要你和大虎多操心了。"

"吴董客气了，分内的事情我们会尽力的。只是有些事情得您亲自出面才行，能回来就早点回来吧，很多事情还等着您处理呢。"

"好吧，我会尽量早点回公司。"

梁蕙茹的心里很凉，就像屋外下雪的天气一样凉。魏自明找她的时候，她有点纳闷，自己好端端怎么会让巡视组找呢？当她从郊外中央巡视组那里回来的时候，她不但感觉天气冷，心里凉，就连走路，也好像是踩着棉花，吴运合啊吴运合，你一个清清白白的商人，怎么会招惹上政治啊？

"找你的事情不要对任何人讲，这次临江的事牵涉的范围很大，决不能走漏一点风声。"这是魏自明对梁蕙茹再三的叮嘱。

作为省进出口公司的副总经理，梁蕙茹判断事物的能力一点也不差，说到觉悟，就更不用怀疑了。可是一旦有些事情涉及自己或者亲人又不能说出来，心里那种痛苦的滋味是不难想象的。梁蕙茹好几次拿起手机，又好几次放下，因为吴运合的那个手机号码就储存在她的大脑记忆里，虽说两人3年前就离了婚，已各奔东西，但吴运合毕竟是女儿欣欣的亲生父亲，不用说一日夫妻百日恩，女儿连着心啊。

梁蕙茹自责，为什么在一起生活的时候，自己就没能及时劝醒吴运合呢。看来，夫妻之间互不干涉也不是什么好事，各忙各的，相互不干涉对方，结果忙得家也散了，让无辜的孩子失去了家的温暖。

都说无知无畏，"知"与"畏"两个字能有什么联系？自古以来，任何人做什么事情都不可能不承担责任，这是天伦。关键是吴运合啊，你所做的事情到底是"知"还是"不知"呢？如果知道了还要去做，你纯属活该！但如果你真不知道，被人蒙着眼睛干坏事，那你还不冤枉死了？！

梁蕙茹是一个聪明的女人，她隐隐约约从魏自明和自己的谈话中，能够察觉到吴运合很可能是被当作了一粒棋子，以自己多年对吴运合的了解，他不可能看着火坑自己还会往里面跳。跟自己几乎一样，她和吴运合都是做的企业，难道国企与私企，真的走着两条不同的路？

说句真心话，梁蕙茹的心里还是在惦记着吴运合的。在与吴运合的共同生活中，她对吴运合的评价是一个有能力有胆识的男人，至于为什么离婚，这一点梁蕙茹是从来没有后悔过的。试想一下，一个男人如果心不在自己这儿，同床异梦是痛苦的，快刀斩乱麻是明智之举，与其忍受，不如放手。但吴运合毕竟是曾经的丈夫，她怎么能够眼睁睁地看着他走向绝路呢？

临近天黑的时候，马玉来到了吴运合刚刚打扫完的省城宅院。

她不是一个人来的。马玉是带着一个50多岁的男子，一前一后走进吴运合这个宅院的，眼前的这个男人，吴运合虽然感到有些面熟，但好像又没有见过，他正纳闷时，马玉说话了："他是我国外的一个合作伙伴，那边的事情还没有完全处理好，暂时想在你这儿住段时间，这也就是我让你收拾住宅的原因。"

通常情况下，一个陌生人住进自己家里，那种一百个不情愿吴运合不是没有，但对马玉安排的所有事情，他自己也弄不清楚，为什么从来都不会反对。

"住呗，反正这宅院也一直就空闲着。"

"对了，有件事情我还要给你说，在我没有找好陪他的人之前，他需要你陪着住几天。"

"这怎么可以啊，你知道公司里有很多事情，正在等着我去处理呢，大概需要多久啊？"

"说不准，也就两三天吧。"

"那你得抓紧点，我确实急着要回公司的。"

"好吧，我会尽快让你回公司。那就先这样了，我还有点事情就不陪你们了，等会你安排他去吃晚饭。"马玉说完，转身走了。

马玉走后，吴运合仔细打量着这个有点陌生的男子，大概有一米六八的身高，黑黝黝的皮肤，凸起的腹部诉说着体重的超标，满脸倦容上一双不大的眼睛与他对视的一瞬，吴运合不禁颤栗了一下，那双眼睛似乎藏着很多秘密，深不可测。

"打扰你了，吴董，你就叫我阿波吧。"

"你知道我？"

"马行长介绍过你，希望能够给我提供一个临街安静的住室，我喜欢独处，爱看窗外的风景。"

"这宅院里基本没人来，也没人住，上下三层，你随意。"

"那我就不客气了，借住时间也不会太久，只是餐饮的事情就不麻烦你了，我自己解决，到外边对付一口就行。"

"你就暂时把这里当作自己的家吧，一切随你，既然你是马行长的朋友，她也交代过了，有什么需要你尽管找我。"

"好。吴董是个痛快人，不打扰你了，我去休息了。"

看着自己这个曾经精心装修过的别墅小院，吴运合心里五味杂陈。人啊，这么辛苦究竟是为了什么？

山川市公安局局长卫江接到省厅厅长蔡畅的电话，一点也没敢耽误，准时赶到了郊区的宾馆。

走进宾馆，蔡畅已经在他之前到达，两人见面后乘电梯来到五楼的小会议室，廖清辉和巡视组成员已经坐在这里了。

"人员到齐了，今天咱们小范围开一个通气会，对重点工作做一次梳理和分析。"廖清辉说。

当魏自明简明扼要把调查掌握的具体情况介绍后，廖清辉接过话："临江存在的问题，与上面所了解的情况基本没有什么大的出入。近段时间通过大家的努力，有些问题逐渐清楚了，但我们面临的形势，从目前看很可能比较复杂，由于时间跨度大、人员多，不排除案中案和涉及面都很广的情况，越是这样，我们就越是要静下心来，仔细研判。大家也知道，近年来，迫于各方面的压力，外逃的人员主动回国投案的不在少数，可心存侥幸的人也不是没有。既然中央相信我们，我们就不能辜负这份信任，要把临江的问题查清查实，不遗漏任何死角。下一步具体工作方案和注意事项，请自明给大家传达一下。"

"那我就给大伙再重申一下。"魏自明站了起来，"工作思路还是秘密进行，以调查取证为主，避免打草惊蛇。省公安厅主要协助做好省里的调查，鉴于人员少、工作量大的客观原因，山川市还是主要负责市域内涉案人员的摸排和调查取证。目前有一个很重要的线索，山川方面要加以重视，就是外逃的娄鸿涛的双胞胎弟弟娄鸿波，已于3天前回到了临江，住进了山川市腾达地产吴运合位于省城的宅院，娄鸿波这次回来的目的尚不明确，但有一点是清楚的，他是在临江银行马玉行长的安排下，才住进吴运合宅院里的。所以，各条线一丝也不能马虎，除了要做好监视和监控之外，更重要的是要把所有与其接触的人员进行详细地记录，并做好必要的调查取证工作，不容遗漏。"

"自明同志已经说得很清楚了，大家还有什么不明确的？"廖清辉问。

"除了技术手段，对相关接触人员是否可以采取控制措施？"蔡畅说。

"在没有统一收网之前，只需要做好监控即可。如果遇到突发事件，及时请示，再做决断，大家分头行动吧。"廖清辉的话语掷地有声。

雪后初晴，清新的空气里游走着刺骨的寒风，冬天虽冷，但特有的寂静总会让人回忆过往。一大早，孤独的舒嫚筠一边在院子里清扫着积雪，一边回忆着这个院子里曾经的热闹。

时间这个东西就是很奇怪，你珍惜了，就会有所回报；你不珍惜，时间也不会对你青睐。一分一秒执着向前，不会因为任何人的抱怨而停步。

"妈，我回来看看您。"舒嫚筠一抬头，见梁蕙茹站在自己面前。

"蕙茹？你回来了。快进屋，快进屋，外边冷。"

梁蕙茹挽着舒嫚筠进屋后，舒嫚筠忙着要给她沏茶，梁蕙茹拦住了："妈，你歇一会儿，我自己来。"

曾经的婆母儿媳，如今已经不再生活在同一个屋檐下，心里难免就有了生分。都说经常不见面的人，彼此会感觉到变化大。三年多没见，梁蕙茹明显看到了舒嫚筠的沧桑，人都会有老的时候，谁也无法留住光阴。当然，在舒嫚筠眼里，梁蕙茹更加秀丽和成熟。在舒嫚筠的心里，她有两个女儿，一个是吴晗，另一个就是梁蕙茹，儿媳就是闺女，大概很多做婆母的都这么想的。

吴晗是亲生，梁蕙茹不是，可舒嫚筠一直把她视为亲生，谁能想到，这个被她当作亲生女儿的儿媳，突然和儿子离了婚，并带走了她的心肝孙女。从道理上讲，舒嫚筠是一个开明的婆母，她一点也不怨恨梁蕙茹，要怪，就只能怪儿子吴运合没有这个福,她恨儿子在自己晚年的时候,弄碎了一个老年人晚年的温馨幸福梦,所以她要起诉吴运合,作为儿子不仅不孝,而且不仁。可她毕竟又是母亲,内心是盼望着儿女能够幸福的,矛盾和纠结折磨着她,舒嫚筠怎么会不沧桑呢?天底下,最善良、最仁慈的就是父母,不管儿女让他们多么伤心,但总是期望儿女过上好日子,这是他们的心愿。

"欣欣好吗?"

"妈,您放心吧,孩子很好。"

"上小学了,真是一个可怜的孩子。"

"妈,不能这么说的,孩子是无辜的。我每天工作都很忙,没有时间照顾她,已经读二年级了,由她外公外婆照看着,这次本打算带她一块儿来看您的,可学校在组织期中考试,没请下假来,下次我一定带她过来。"梁蕙茹有点心酸。

"是啊,孩子学习不能耽误的,看不看我不重要,只是有点想孩子了。不说这个了,蕙茹,你工作已经很忙了,今天回来有什么事情吗?"

"没事,就是想您了,来山川办事,顺便回来看看。"

"真没事?"

"真的没事。"

女人心,海底针。女人和女人,心是相通的。三年多的时间,梁蕙茹自打与吴运合离婚,就没有再回来过,从她突然站在舒嫚筠面前开始,舒嫚筠就知道,梁蕙茹回来绝对不是看自己那么简单,她心里肯定有事,即使她不愿意说,舒嫚筠也已经猜个八九不离十了,一定是吴运合有什么事情让梁蕙茹上了心。

"你这次回来，不是因为运合吧？"

"不是的，妈。他的企业做得不错，也用不着我操心啊。只是对您放心不下，回来看看您。"

"那就好，那就好。"

"妈，这是我新换的手机号码，您需要的时候，就给我打个电话。"

"好。谢谢你还惦记着我，如果遇到什么不开心的事情，千万不要憋在心里，要告诉妈。"

"会的，妈。您多保重身体，我到山川还有事情要办，得走了。"

"路上有雪，开车慢点。"

望着梁蕙茹的白色奥迪轿车渐渐远去，舒嫚筠的眼眶有些湿润。

人活在世上，很多时候很多事情都是需要感恩的。不论尊卑贫富，怀有一颗感恩的心，是立身之本。每年的第一场雪降临，就预示着春节的临近，往往这个时候，刘艺辉就会准备着去京城看望恩人。

与往年不同的是，这次刘艺辉突发奇想，打算带着肖露露同行。但他给肖露露说了三次，肖露露都没有应允。

"到底什么原因，总不答应？"特意过来找肖露露的刘艺辉一进门就迫不及待地问。

"你去看领导，和我有什么关系？再说，吴董一直在外边忙，公司年底财务报账和审计，我怎么能离开？"

"公司又不是你的，管好自己分内的事情就可以了，不是还有个助理张大虎吗？"

"公司的事情很多，各有各的分工，干任何工作不是需要协作吗？我是秘书兼办公室主任，这马上就要年底了，扔下工作到处跑啊？如果我被开除了，你给我安排工作啊？"肖露露有点气愤。

"安排个工作不是轻而易举的事情嘛。说吧，你想去什么单位？"

"省省心吧，大市长同志，你手里的权力那是人民给的，是不可以滥用的！"

"哈哈，没想到，你一个私企的工作人员觉悟还蛮高嘛。"

"私企怎么了？公司也是实体，麻雀虽小还五脏俱全呢！你说我觉悟高，是你只看到了表象，做事与做人一样，人怎么可能没有良知呢。好了，好了，你就别磨嘴皮子了，我是不会和你一起去的，你去找别人吧。"刘艺辉明显感觉到了肖露露在下逐客令，只好悻悻地走了。

娄鸿波坐在三楼临窗的椅子上，看着大街上川流不息的车流，皱着眉头想心事。

住进吴运合这个宅院，娄鸿波体会到了久违的清闲和安逸。看看这些别墅，显然是在城市的不断扩张中，逐渐被容纳到繁华地带来的，单栋或连体的别墅，红黄白三色融为一体，庄重不失大气。在省城，住在这里的人绝对非富即贵，整齐划一的别墅群，繁茂的绿植，宽阔的道路，这样的住宅让多少人既羡慕又望而却步。就从安排自己住到这里而言，娄鸿波不得不佩服马玉，这女人确确实实是个人精。

20多年前，娄鸿波在哥哥娄鸿涛的安排下去了国外，虽说没有少吃苦，但总算在国外有了自己的一席之地，也开了一个不大不小的公司，生活和工作都还说得过去，人嘛，知足常乐。可天有不测风云，他无论如何也没有想到，一直令他钦佩的哥哥，6年前，突然会像一个乞丐般地出现在自己的眼前，而且是畏罪潜逃投奔而来的。哥哥的突然来临，打乱了娄鸿波所有的节奏，自此以后，生活状况急转直下，尤其是哥哥每天提心吊胆的那副神态，多多少少影响到了他，好像自己也是做了贼似的，生活完全变了样儿，结果就导致自己公司的经营越来越差，他从天堂跌进地狱。甚至后来，不仅自己生活困窘，哥哥还不断地让他接济一个和哥哥一样在另一个国家的人，外籍的妻子与娄鸿波争吵不断，闹到最后分手，弟兄两个最终落到了需要依靠马玉资助，才能勉强过日子的地步。

家乡有一句俗话：别羡慕贼吃肉，要看贼挨打。现在的娄鸿波真正体会到了"贼"的可怜。体会归体会，娄鸿波感到自己很冤，自己本来没有做过贼啊，为什么这样的境遇会落到自己头上？这难道都是拜哥哥所赐，谁让自己从小都对哥哥唯命是从呢？

8年前，在临江监狱当监狱长的哥哥，告诉他受人所托，让他想办法给一个叫刘筱媛的9岁女孩，办一个外籍身份并到他那里上学。费了好大周折他办成了，对方花费了不少资金，还特意给了他200万的辛苦费。从收到200万开始，他不仅感谢哥哥实实在在帮了自己，而且打心眼里不想知道如此大方的对方的身份，想着事情过去就过去了。但后来无意中，从孩子那里得知那个女孩是时任临江省公安厅厅长马罍褶的外孙女，事情是当时副厅长朱宁卫一手操办的，娄鸿波心里就隐隐感觉到了这绝对不是什么好事，有意留了个心眼儿，没想到的是，变化居然来得如此之快，哥哥成了逃犯。

天上不会无缘无故地掉下馅饼。收了辛苦费后，娄鸿波心里就一直惴惴不安。才两年时间哥哥就如丧家之犬，还有那个朱宁卫，两人双双出逃，大概是为了逃避追踪，他去了另外一个国家。

见到失魂落魄如惊弓之鸟的哥哥，娄鸿波是震惊的，他似乎明白发生了什么，因为他从新闻里看到了祖国的反腐决心，他也从兄弟两人见面时，哥哥的第一句话里，感受到了哥哥的落魄："赶紧给我弄点吃的，我两天没吃饭了。"

在哥哥娄鸿涛来投奔他的6年里，娄鸿波真正认识到了世上根本没有什么乐土，哪里也不是养爷的地方，什么事情都要依靠自己脚踏实地和奋斗。在哥哥一次又一次异国他乡的警笛响起就要东躲西藏里，娄鸿波由起初对哥哥的同情，变为对造成哥哥如此现状之人的愤怒，哥哥确实是做了亏心事，还让自己在异国好端端的事业走上绝路。但一个巴掌怎么能够拍得响呢？充其量哥哥只是一个监狱长，他的权力很有限。6年中，他也曾劝过哥哥正视自己犯下的错误，大大方方地回国自首，可哥哥每次都是欲言又止，顾虑重重；6年里，娄鸿波从马玉一次次的慷慨资助里，似乎又嗅到了哥哥背后一双黑手的巨大权力和铜臭。为此，他萌生了要回国寻找真相的想法。

　　正是基于这样的考虑和目的，他托朋友照顾好哥哥，自己回国了。娄鸿波坐在窗前盘算着下一步应该如何走的时候，让他想不到的是，对面那栋高楼里，临江公安厅的侦察员们正用高倍望远镜监视着他。

　　再聪明的人也无法预知自己的未来。生活的车轮也许正是不按人们设想的轨迹慢慢前行，才会有了这样和那样的惊喜与苦难不断发生，也才有了让我们不懈努力、勇于奋斗的动力。

　　按照马玉所说的地址，吴运合驱车来到郊外，费了好大周折才找到"一品鲜"饺子馆。

　　"这么远，怎么来这个地方？"

　　"坐下吧，尝尝这里的饺子，很不错的。"马玉示意吴运合坐到自己对面。

　　吃饺子就吃饺子呗，跑这么远，就为了吃这风味独特的酸菜饺子？市区里不是没有这样的饺子馆啊？吴运合感觉马玉有些奇奇怪怪的，说是来吃饺子的，但饺子端上来后，吃饺子不仅心不在焉，而且眼睛总是紧盯着自己的身后。吴运合不理解，回头看了一眼，身后也只是这个小饺子馆的玻璃门而已，没有什么好看的啊。当吴运合把一盘半斤酸菜饺子吃完，端起紫菜鸡蛋汤时，发现马玉仍若有所思地看着自己的身后，盘子里的饺子几乎就没吃。颇为莫名其妙的他再次回头，透过饺子馆的门玻璃，他看到了马路的对面，竟然是一个宾馆的大门，大门正对着马玉凝视的方向。马玉难道是在关注那家宾馆？

"怎么了？发现什么了，目不转睛的？"

"哦，没事，没事。只是突然想起来，自己大学毕业时，曾经去过东北，现在这饺子没有原来的那个味道了，给我来点醋吧。"马玉收回目光，开始吃饺子。

吴运合隐隐约约意识到，马玉没有对自己说实话。以他对马玉的了解，这个聪明的女人心里一定有着什么事情瞒着他。

冬天的第一场雪，下得虽然不大，但还没有完全消融时，刺骨的寒风就又刮了起来，让人感到寒气袭人。往年的这个时候，虽说有些寒意，是不应该有雪花飘落的，究竟是气候出了问题，还是真的要有什么事情发生。突然的雪花和气候的异常，不仅让刘艺辉身体不适，而且心里也是十五个吊桶打水——七上八下。这倒不是他自己吓唬自己，原因是他与首长联系好几次了，首长对他去京城的时间总是不给一个准信，什么时候去见他呢？刘艺辉心里没底。眼瞅着春节步步临近，新闻又在不断播放要把权力放进制度的笼子,这里"老虎"被逮,那里"苍蝇"被拍,大到中央政治局委员,小到乡村干部,一个一个贪腐之人被曝光于阳光之下,高悬于每一个人头顶的达摩克利斯之剑确实要发威了。

回想起老首长让吴运合给他捎带回来的U盘,他仔仔细细反反复复看了十几遍,那些不外乎都是当年援疆时,他和首长在艰苦条件下的工作影像,也没有什么值得揣摩的东西。首长就是首长,这么多年了,这些资料还珍贵地保存着,并特意让吴运合捎给自己回忆过往,其中有什么深刻的含义呢?左思右想,他弄不明白。想想自己好不容易才从科级走上司局级,刘艺辉知道首长没有少提携自己,可人在官场,谁又有多么纯洁啊?又有谁可以经得起组织部门认认真真地核查呢?如履薄冰的从政之路,每前进一步,自己不也是谨小慎微吗?

没有遗憾的人生,是不完美的人生。这句话是谁说的,怎么总结得这么到位。扪心自问,刘艺辉的遗憾还真的不少。那个从高中到大学一直追着他的女同学,等到他上班也没有嫁人,后来不知道什么原因,抑郁自杀;他在乡镇当副职,不少亲朋好友劝他提醒他,对家人关心关心,为此,他煞费苦心特意安排弟弟在村里当上了党支部书记,哪想弟弟干了不到一年时间,就被村里的党员联名给罢免了。为这件事情,弟弟一次又一次找他想想办法,结果没能如愿,兄弟两人从此老死不相往来;父亲走得早,母亲去世时,由于他与弟弟闹别扭又为了自己的政绩,在县委书记的位置上,刘艺辉借工作太忙,故意没有回家给母亲守孝,结果所有的亲戚骂他不孝,就连一向很奉承他的舅舅，也和他断绝了关系；原本他也是不想来山川当这个市长的，一个四周是山的穷地方，但架不住首长再三举荐，原因是离马玉近，离家也近。可那个所谓的家，自从女儿被送出国之后，他又回去过几次呢？马鏊褶不喜欢他，刘艺辉是知道的，事物都是相对的，他也不喜欢马鏊褶。这位岳父大人，说话做事官威太浓架子特大，可自己毕竟娶了他的心肝宝贝女儿，马玉的妈妈前几年又撒手人寰，不能惹老爷子生气，这是他答应过马玉的，只好没事少回家。从心理上讲，每次听这个爸爸训话，刘艺辉心里很反感，自己也是一市之长啊。官大一级，如泰山压顶，刘艺辉感触是最深的。

刘艺辉心里明白，吴运合和马玉那些事，根本瞒不过马鏊褶，女儿出国，他是没有插手，至于那个朱宁卫是如何办理的，他不想也不愿意知道。朱宁卫外逃，他是间接帮了忙的，但那也是马鏊褶授意自己做的。再说，老爷子深谙官场游戏，马玉聪明机灵，自己又做事谨慎，这些神不知鬼不觉的事情，怎么也翻不了船的。他恨马玉背叛自己与吴运合贴得紧，可他也知道马玉接近吴运合是在利用他，那个吴运合还蒙在鼓里。他也知道吴运合把肖露露推向他，是对他的安慰和疗伤，但肖露露的心不在他这儿，在吴运合身上。吴运合啊吴运合，说白了，你就是一个被人利用的人而已，也真够可怜的！你母亲起诉你，也是情理之中。

正在胡思乱想，刘艺辉的电话响了，是首长秘书打来的，说首长要见他，让他尽快到京城一趟。

树欲静而风不止。郑志明的判断是正确的，吴运合确实是陷进去了。从廖清辉的办公室出来，郑志明第一个想到的就是舒嫚筠，都说养儿防老，这么有本事的儿子，却一点也没让她这个母亲省心，起诉儿子是何等的用心良苦啊。舒嫚筠心里究竟有多难受，郑志明是清楚的，把她接过来吧，一是让自己陪亲家聊聊天开开心；二是也一起合计合计，兴许挽救吴运合还来得及。

郑志明拨通了吴晗的电话："去把你母亲接到咱家，就说我找她有急事。"

吴晗去接她妈妈了，郑志明特意到菜市场绕了一圈，精挑细选买了一条鲈鱼，准备亲自下厨，给亲家做清蒸，老年人知道老年人什么能吃，什么不能吃。

回到家，郑志明忙了好大一会儿刚刚把鱼蒸上锅，门口就传来了舒嫚筠的声音："郑大哥，你今天怎么有空了，什么急事要和我说啊？"

郑志明急忙迎了出来："也没有什么大事，就是想请亲家过来坐坐。来，进屋。"

"爸、妈，你们先聊着，区里有事，我先回区里了。"后边的吴晗说。

"工作重要，你去吧，别忘了中午回来吃饭。"郑志明叮嘱吴晗。

"好。我中午回来陪妈妈吃饭。"吴晗答应着驱车走了。

一进屋，郑志明就问舒嫚筠："主食吃米还是吃面？我特意给你做了清蒸鱼，清淡。"

"那就吃米吧。"舒嫚筠看了一眼郑志明，"我吃饭没有那么挑剔，啥都行。"

"吃米就需要煲个汤了，我先把米饭做上，等会儿再做汤。"郑志明说着就去拿电饭煲。

"还是我来做吧。"舒嫚筠刚想起身，郑志明拦住了，"哪里话，不相信我的厨艺？"

"信，又不是没有吃过你郑大哥做的饭。"舒嫚筠笑着说。

"这就对啦。"郑志明放下电饭煲，转身给舒嫚筠倒了一杯开水，"最好的饮料就是白开水，你先喝口水，我把米饭蒸上就过来。"郑志明进了厨房。

舒嫚筠端着水杯，看了一眼在厨房忙碌的郑志明，心里对他有一种特别的钦佩：做人做事就像水杯里的白开水一样清澈，老伴走了，就一个在省武警总队某支队当政委的儿子，自打吴晗嫁进郑家，儿子儿媳就各忙各的，孙子跟着儿子在省城上学，吴晗在区里工作，平时，郑志明又不让儿子多往家里跑。唉，一个市纪委书记，不但自己清正，对儿女要求也如此严格，尤其是退下来之后，就居住在这个20世纪80年代自建的小院里，像一个普通的老百姓。

"好了，我把鸡蛋和西红柿都准备好了，等会儿吴晗回来再做汤。"郑志明给舒嫚筠加了点水，自己也倒了一杯，坐下来。

"说吧，什么事情急着让我过来？"舒嫚筠看着郑志明。

"还能有什么事情，运合呗。据我了解，这孩子很可能是被人利用了。"

"也不知道运合究竟有多忙,我这当妈的,见他一面都很难!"

"人啊,有时候是不撞南墙不回头的。也许,运合有自己的打算,只是被利用的人,自己往往不知道。"

"实际上,我也多多少少能感觉得出来,这孩子好像有难处。"

"企业做那么大,难免树大招风。你起诉的事情我也听说了,只是我有个想法,抽时间打算见见他。"

"知道他多少事情?"

"不多。有些事情只能说是听说而已。"

"严重不严重?"

"在没有确凿的证据之前,很多事情是根本无法预判的。但有一点,凭着我多年的工作经验,我敢说,运合这孩子很可能是一个冤大头。"

"这么说,他还有救?"

"还需要调查。"

"唉,运合啊,难道不知道什么事情该做,什么事情不该做?"

"人这一生中,身不由己的事情不少。你尽管放心,我一定要见见运合。"

"真得想办法让他早点回头啊。"

"爸、妈,我回来了。"门外传来吴晗的声音。

"好,孩子回来了,准备吃饭吧。"郑志明和舒嫚筠几乎是同时站了起来。

生活自有节奏，从来不会因为外在的因素而改变。昨晚，吴运合接到马玉的电话，说他可以回山川的公司处理自己的事情了，娄鸿波他不用操心了。接到电话的那一刻，吴运合突然感到自己像获得了自由一样，踏踏实实地睡了一觉。这不，天刚微亮，吴运合就驱车回山川了。

奔驰车沿着滨江大道前行，窗外，起伏的山峦在冬日的清晨，显得清新而又清冷，宽敞静寂的滨江大道两侧，绿意盎然的行道树并没有因为时令的转换枝枯叶黄，与滚滚东流的长江水遥相呼应，铺展着生命的亮色。

变化太快了。吴运合深深体会到山川与省城的变化，仅仅十几年的时间，超过了过去几十年的发展速度，物是人非，乡村拉近了与城市的距离，人们的物质和精神生活都发生了质的飞跃，路宽了，楼高了，贫穷已被人们远远地甩到了身后。

人们富裕了，没了过去缺吃少穿的苦恼，可富裕起来的人们，少了过去人与人之间的坦诚和信任，多了什么呢？吴运合真的不愿意去想，毕竟自己也是一个凡人。

20多分钟，早晨人少车稀，吴运合就到了公司。

走进办公室，吴运合不得不佩服肖露露，自己虽然近半月没有回来，办公室井然有序，窗明几净。环顾办公室，吴运合感到自己有些卑鄙，虽然口口声声把肖露露称为妹妹，但内心深处是在利用肖露露帮他还感情债，原本他也知道肖露露对自己是一片忠心，违心做事又偏偏亵渎了一个女孩对自己的真诚。人啊，说一句谎话需要用十句谎话来掩盖，做错了一件事情，就不知道要耗费多少心血来弥补了。

吴运合想到肖露露，就不由自主地走向楼层的另一头，那是肖露露居住的地方，此时，勤快的露露应该起床了，但敲门没有动静，推一下门紧锁，奇怪，肖露露没在？这大清早她会去了哪里呢？

吴运合拨通了肖露露的电话："怎么没在公司？"

"吴董，你回公司了？"

"什么吴董？我是你哥啊，我刚刚到公司。"

"是这样啊，哈哈。"电话那头传来肖露露开心的笑声，"我母亲病了，昨晚我连夜赶回了老家。公司的事情我交待给大虎了，等陪我母亲去医院检查后，我就抓紧时间赶回去。"

"这样啊，那你就不用着急了，在家安心陪阿姨看病吧。如果需要的话，带阿姨来山川检查身体，也好让我尽一下这个哥哥的心意。"

"真要谢谢吴董了，你也要注意身体，心意我领了。"

肖露露提及母亲，也撩起了吴运合对母亲的愧疚，无论再忙，都应该回家看看母亲了。

刘艺辉有点蒙，多年来他的如意算盘让首长一下子戳破了：

"你已经忘了本，我一直看你是个人才，但你却辜负了组织的信任。想想你到山川后的所作所为，连我都为你脸红，难道你就丝毫不感到愧疚？鉴于你的表现，你必须要好好反思反思了！"

劈头盖脸的一通训斥，让刘艺辉成了丈二和尚：这是怎么了？自己在山川谨小慎微的，出了什么乱子？刘艺辉摸不着头脑了。

走出庄严神圣的大院，刘艺辉感觉自己应该找一个地方，好好静一静，想一想，究竟什么地方让老首长对自己如此生气和失望。

都市就是不一样，走在京城热闹的大街上，闪烁的霓虹，流彩的大厦和道路，川流不息的人流与车流，黑夜的大幕还没有真正拉开，七彩的光就燃亮了城市的黑夜，比一目了然的白天更多了些朦胧和神秘。

人是不是都有两面性，在紧张与松弛间徘徊，在欢乐与痛苦间转换。虽然刚刚受到了批评，此时置身于陌生的大街，看着匆忙的车流和人流，刘艺辉突然觉得轻松了许多。离开了自己执政的山川，在偌大的都市，一种陌生感让他这个市长一下子成了一个没有光环环绕的普通人，反而释然了。

"市长，咱们去哪里？"

刘艺辉看了一眼司机："去建设部吧。"一个老同学也是老乡，在建设部是个司长，刘艺辉想去请教请教他。

车辆在大街上七扭八拐，不一会儿，就到了建设部大门口，却被门卫拦住了："下班了，你们找谁？"

"通融一下，我们有点急事。"

"你们打电话吧,现在都回家了。"

"我们大老远过来,你就给个面子吧。"

"什么面子不面子的,下班了!"

"你这门卫怎么这么横啊?你知道车上坐的什么人吗?"

"我管你什么人,这是规定!"

"我们市长在车上!"

"哪里的市长?"

"山川市啊!"

"山川?没听说过!"

听着司机与门卫在门口争吵,刘艺辉按了一下喇叭,叫回了司机:"吵啥?走吧。"

司机憋着气把车子调了头:"回宾馆?"

"回宾馆!"刘艺辉感觉自己胸腔里很闷很闷。

很多时候人是无奈的,当你想着去做一件自己很想做的事情时,往往无法完成。

吴运合驱车回到老家,门是上了锁的,他哪里知道,此时的母亲正在与郑志明商量着如何帮他呢。

停好车,吴运合在熟悉又陌生的家门口转了一圈,小山村的冬天显得很寂静。自从打工潮开始,老家村里的年轻人都外出了,每个家庭就只剩下老人和孩子,而在这个冬季最寒冷的时候,谁又愿意在寒风和冰雪里出门呢。

没能见到母亲，吴运合就来到了后山的山坡上，这里是他小时候的乐园，曾经的瓜甜果香和父亲满脸流着汗水的微笑，一直烙刻在他的记忆里，现在，父亲就静静地长眠于此。他感恩父母，感恩这片生养他的土地，可这么多年，他又为他们做了什么呢？

现在，吴运合确实有些不理解母亲了，给母亲买了好几个手机，但母亲总是不用。

"我又没有什么事情，退休就回老家农村，手机也没有什么作用，给我买手机干啥？"母亲的话听起来也不是没有道理，让他这个做儿子的无言以对。但吴运合哪里知道，母亲从苦难中一路走来，勤俭已经成为她坚持已久的生活习惯，除生活必备之外，对于退休养老，舒嫚筠还有什么奢求呢？当然，她是多么希望儿子和女儿都是安全幸福的。

没能见到母亲，吴运合只好走到后山，他跪在父亲的坟前，觉得自己有一肚子的话要对父亲说，可他又不知道从哪里说起，不知道怎么才能让另一个世界的父亲安心。他知道自己对不起母亲，从与梁蕙茹离婚开始，一路走来，他能够感受到母亲对自己的怨恨，干事业的男人是不是都会和他一样，在处理家庭方面是个短板？扪心自问，他吴运合确确实实在家人面前是亏欠的，比起亲情，金钱真的是粪土。

娄鸿波坐不住了，任何人如果心里有事，就会坐立不安。

已经 10 多天了，自从马玉让他住在吴运合这个宅院之后，迟迟没有露面，让一心要为哥哥讨个说法的他很郁闷。哥哥的遭遇按道理讲实属活该，可娄鸿波如何也不相信，哥哥人微言轻，怎么有那么大的能耐办那么大的事情？现在好了，指使者什么事也没有，办事的却成了通缉的罪犯，这是什么逻辑？难道真的就没有天理了？难道权力就真的可以让人死让人生？

当他把自己的想法告诉哥哥的时候，娄鸿涛是极力劝他不要回国自讨没趣的，胳膊永远扭不过大腿，这是哥哥的一再的提醒。但娄鸿波在国外生活了多年，靠的是自力更生一个人的打拼，好不容易才有了自己的一席之地，但哥哥突然的变故，万里迢迢来投靠他，却毁了他的一切。何况，娄鸿波真的不信邪，一个国家，怎么会对官场的龌龊视而不管？说句最有底气的话，身正不怕影子斜。娄鸿波憎恨那些道貌岸然的所谓的有权人，忘了本，忘了自己手里的权力是百姓给的，有了权力不为老百姓办事，总是费尽心思谋取私利，这些人，如果长此以往，就会寒了民心，害了国家，不根除早晚会害人害己。也正是基于这样的原因，娄鸿波回国了。

人是回国了，但娄鸿波没有忘记哥哥对自己的告诫：国内的官场，局外人也能感受到那是一张张密密麻麻令人窒息的网，大网罩着小网，小网攀附着大网，牵一隅而动全网，所以，每一张网都很坚实，弄不好自己还会搭上性命。兴许是在国外打拼过多年的原因，练就了娄鸿波不服输的韧劲，在他看来，任何事物都有两面性，越是坚实就越有破绽，何况见不得阳光的那些网呢。

孤身奋战，无牵无挂，娄鸿波铁了心地要去撕破曾经束缚过哥哥的那张网。

从哪里入手呢？往往极力掩饰者，就是始作俑者，马前卒的背后就是总指挥。娄鸿波认准了马玉，他给这个女人打过威胁电话，她曾经安排吴运合去安抚过哥哥，并且亲自去过哥哥藏身的地方，她应该是一个知道内幕的人。几次短暂的接触，马玉心里有鬼，她在想方设法掩饰着什么，娄鸿波感觉到了。

马玉确实想不到，这个娄鸿波实在很难缠，自己接触过他几次之后，软硬不吃。原本想着他大老远地从国外回来，不过就是想要些钱而已，在她看来，这个世界上，只要是金钱能够顺利解决的事情，她根本就没有把它当回事。但娄鸿波这次回来，根本就不是为了钱，他的目的到底又是什么呢？

从国外回来后，娄鸿波不卑不亢，就像一个闷葫芦，马玉有些迷茫了。她也试图想让吴运合了解一下娄鸿波的想法，但吴运合告诉她，娄鸿波几乎从来不与自己交流，两个人虽然住在一个宅院里，可谁也不与谁说话，马玉确实没了办法，想着吴运合还经营着腾达，就只好让吴运合先回了山川。

按照马玉的安排，娄鸿波在没有征得她同意的情况下，是不能离开那个宅院的，因此，娄鸿波回到临江基本上是与外界隔离的。可娄鸿波毕竟是个大活人，十多天了，他怎么可能老老实实待在那个宅院里呢？不行，要让他出来，再好好和他谈谈，弄清楚他此次回来的真正目的。

说马玉是个聪明的女人，这是千真万确的。吴运合不傻吧，马玉可以把他控制得服服帖帖，这就是例证。男人，能过美色和金钱关的不多，这是马玉处事的哲学。可让她弄不明白的是娄鸿波，金钱打不动心，就需要换换思路了。

马玉是什么人，临江银行的行长，能耐是不用怀疑的，省城里有多少人脉就不必多说了，什么样的人用什么样的方法对待，这也是她的长项。再说，有个位高权重的爸爸，政治嗅觉也敏感得多，就拿上次约吴运合去吃饺子来说，她根本就不是去吃什么酸菜的饺子，是因为她知道巡视组就住在那里。至于她是怎么知道的，这就是后话了。

有本事的人朋友多，非常时期非常的手段也多。不露面的马玉让朋友把娄鸿波接到了省城最繁华的"温泉城"，目的是想让娄鸿波在那个比仙境还仙境的地方，享受人间天堂，但让她没有想到的是，娄鸿波在那里只是泡了一个温泉后，就执意要见她。

这个娄鸿波简直就是不识抬举。气归气，要想弄清楚娄鸿波葫芦里是什么药，马玉还是独自去了。

"怎么不见我？"在朋友为她特意安排的一个僻静的房间，娄鸿波问马玉。

"我工作很忙，有人陪你不就可以了？"

"你得安排一下，我想见见马书记。"

"这怎么可能？再说我父亲去京城了，一时半会儿回不来，有什么事情你直接告诉我，我转告就可以了。"

"告诉你是不起什么作用的，我必须要见一下马书记。"

"什么事情必须要见我爸爸，告诉我不一样吗？"

"不一样！越快越好，我没有等他的耐心。"

谈话很短，但马玉基本上明白了娄鸿波此次回国的意图，她庆幸父亲还不知道娄鸿波回来的消息，她要想法阻止娄鸿波与父亲的见面。从某种意义上讲，马玉明白了自己下一步应该怎么做了，她内心是高兴的。可令她想不到的是，也正是这次她自认为极为秘密的与娄鸿波谋面，让自己真正进入了山川市公安局侦察员的视线。

郊区宾馆会议室。

山川市公安局局长卫江正在向巡视组汇报工作："根据蔡厅长的安排，各条线反馈回来的线索都很平稳，被监控人员没有反常举动，只有前两天马玉会面了娄鸿波，而且地点出乎预料，是在省城的温泉城，会面时间很短，具体情况尚不清楚。"

"去京城的刘艺辉回来没？"廖清辉问。

"已经在回临江的路上，没有意外的话，明天就应该到山川了。"

"娄鸿波就没有一点异常举动，一直待在宅院里，除了与马玉有一次会面之外？"

"是的，10多天除了每天到外边用餐之外，几乎没有出门。"

"吴运合呢？"

"回山川腾达公司了。"

"好吧，按照魏自明同志给大家部署的任务，依计划行事，总目标不变，要求不变。临近春节，为了避免节外生枝，各小组可以加强人手，一天24小时不间断守候。散会后自明和卫江留下，我们商量点具体事情，散会。"廖清辉说。

"我带你飞，风温柔地吹……"刚刚接完肖露露今晚要回来的电话，让自己务必在公司等她，说有很重要的事情要讲给他听。吴运合挂完电话，手机又响了，这次是马玉打来的，马玉说她已经快到山川了。

无事不登三宝殿，这就要天黑了，马玉来找自己又会有什么事情呢。

现在这个时代什么事情节奏都快，还没等吴运合准备好，马玉就到了。"你在哪里打的电话？"

"楼下啊，让你吃惊了？"马玉笑着问吴运合。

"也太快了吧？我刚刚接完你的电话。"

"呵呵，就打算给你一个惊喜呢。"马玉走到吴运合身边撒娇地说，"不想我吗？"

吴运合笑了笑："怎么会不想啊。"

"就知道你嘴甜。"马玉笑着，"今晚我是特意来接你的，我有事情想和你商量，所以，今晚你要和我回一趟省城。"

"回省城？"

"是啊，怎么了？"

"有什么事情不能在这里商量？还要回省城？"

"我知道，你这里也是能商量事情的，只是事情有些特殊，回省城你就知道了。"马玉神秘兮兮的。

"可我这里有事情要办，等会儿露露要回来，她让我等她，她说有很重要的事情要向我汇报。"

"明天不晚啊，差这一天？我的事情要比露露的事情重要哦。"

"必须回省城吗？"

"如果真的不是必要，我能匆匆赶来？"

吴运合自己也弄不清楚，为什么对马玉的要求，他总是无法拒绝。

"那就走吧。"两人一起走下电梯，迎面正走来风尘仆仆的肖露露："吴董，你这是要去哪里啊？"

"去省城，有点急事要办。"

"这位是？"马玉停住了脚步。

"你们不认识？"吴运合看着肖露露。

"认识认识，这不是省行的马行长嘛。"肖露露笑着说。

"肖秘书啊，久闻芳名，真是久闻不如一见啊，肖秘书确实气质不凡。"

"马行长过奖了，我只是一个普通的工作人员，怎能比得上行长的玉树临风啊。"

"哈哈，肖秘书真不愧是大企业的秘书啊，真是嘴甜会说话。我听你们董事长说你有重要事情要找他汇报，确实不巧，我今天也有很重要事情需要他和我去一趟省城，明天我把他还回来如何？"

"呵呵，马行长说笑了，你的事情才重要。"肖露露看了一眼吴运合，吴运合也正好看她，目光相对的瞬间，吴运合似乎看到了肖露露眼神里的一丝埋怨：答应好了的事情，怎么说变就变？

"这样吧，吴董你别开车了，明天早上让肖秘书开车到省城接你吧。"马玉说。

"这样也不耽误，露露你明天早晨开我的车去省城接我。"吴运合说着就把车钥匙递向肖露露。

"不用，还是开我自己的车吧。"肖露露推辞着。

"这么客气？让你开你就开呗。"马玉一把夺过吴运合手里的车钥匙，摁在了肖露露的手里。

希望越大就会失望越大，世间很多事情大多如此。所以无论我们做任何事情，都需要从坏处打算，向好处努力，这样就不会竹篮打水一场空了。

满怀希望去京城，原本以为借助临近春节与首长套套近乎，拉近一下与首长的私人感情，没料到却碰了一鼻子的灰。刘艺辉坐在返回山川的车上，看着车窗外向后飞逝的树木，心里有点堵。

刘艺辉向来自我感觉良好，认为自己是一个很懂官场的人，在他看来，官场中虽然人与人之间存在着这样或那样的矛盾，但对于刘艺辉而言，官场里的事情他总能处理得游刃有余，而这次满心欢喜却成了泡影，又被首长当面批评，他实在有些想不通。按照刘艺辉处世的逻辑，每个人都是一个不同角色的棋子，只不过棋盘太大，不同的棋局与几乎职责相同的棋子，所走的棋路不同，结局难免就各有迥异。但无论如何，棋子走到哪里，都是棋手的事情，他突然也模糊起来，自己究竟是棋手还是棋子呢。

在刘艺辉的心里，很长一段时间，他是把自己当作一个棋手的，尤其是对马玉和吴运合，他曾经欣喜过，这两个人就是他手里的棋子，但让他迷失的是，自己又是谁的棋子呢。

"市长，去省城还是回山川？"沉思中的刘艺辉被司机的问话所打断。

"不去省里了，回山川！"刘艺辉显得很果断。

轿车拐进滨江大道向山川市疾驶，时不时翻涌出浪花的长江水平静地流淌着。看着滚滚而下的江水，一个想法突然在刘艺辉大脑闪过：这平静的江水下面，又是怎样的一个世界呢？

重压之下有勇夫，新姜没有老姜辣。马玉接到身在京城的父亲马蠡褶的电话，她意识到了爸爸的良苦用心："世事多变，要学会自我保护，关键时刻要狠，要懂得丢车保帅。我能够感觉到这次临江要出大事，中央巡视组已经在临江有一段时间了，遇事千万要冷静，不可以引火烧身。从目前来看，临江显得平静了一些，要想办法弄出点事情来，一则转移视线，二则做好出国准备。我已经在着手安排，你需要让吴运合离开山川，但时间不能太久。"

正是父亲的指令，马玉才赶到山川，让吴运合陪她前往省城的。令吴运合想不到的是，当他和马玉一起到达省城马玉的爱巢时，马玉家里早已布置得让他极为惊奇。

"今天是我的生日。"马玉深情地看了吴运合一眼。

"看这精心布置，我就知道不同寻常。"吴运合不知道，这是马玉在去山川前亲自布置的生日氛围，他也不知道，为了这个生日，马玉早就在准备了。

"也没有给你买生日礼物，这么突然。"吴运合对马玉说。

"我最大的生日礼物，就是你能够陪我。今晚，我们一醉方休。"

"好吧，恭敬不如从命。既然你这么信任我，我也不能让你失望，今晚我就陪你好好喝几杯，不醉不休。"

酒确实是个好东西，它可以让人麻木，也能令人失去理智。也许正是因为酒精的作用，吴运合与马玉两个人推杯换盏，只喝得脸颊飞红霞，怀里搂婵娟。也许是吴运合长时间没有这么释放过的原因，孤男寡女，你情我愿，这一晚，两人从桌上喝到地板上，再从地板喝到床上，那种放纵把人的本性赤裸裸地展现出来。也不知道什么时候，身上的衣服都离开了身子，赤裸的两个人就那么紧紧地黏着，妖精打架般地亲密着、缠绵着，呻吟声在房间里游走，汗水与汗水交汇在一起。

肖露露坐在办公室里，第一次感到百无聊赖，也确实是的，她请假回家照顾生病的母亲，掐指算来也三天了，在她离开公司的这三天里，也让她豁然开朗，明白了一个道理：在这个纷繁的世界里，每个人都很忙碌，无论是任何一个单位，或者是一个工种，孰轻孰重一点都不重要，高估自己是愚蠢，更是一叶障目，毕竟不管是哪一个人离开，工作照样运转，依旧日出日落，任何工作都不可能停止。

心里的爱无法表白出来，对任何人都是一种折磨。对吴运合的心疼与爱慕，长期积压在心中，肖露露难免有些伤感。在腾达，她不仅从内心深处感谢吴运合给她提供了一个施展才华的平台，而且她又确实喜欢这个为了事业导致家庭破裂的董事长，作为一名公司职员，肖露露内心的痛苦是可想而知的。虽然，她也知道吴运合只是不讨厌自己，对她没有男女之情，可她又是控制不住地时时关心着吴运合。因为，她已经深深陷入对吴运合的痴爱了。

一个人怎么可以在答应别人之后，又突然失信？肖露露有些抱怨吴运合突然对应允自己的事情失信。抱怨的同时，她又多少有些自卑，原因很简单，她怎么可以与马玉相提并论呢？不管怎样，马玉把吴运合的车钥匙塞到她手里的时候，她还是欣慰的，明天她要亲自去接吴运合，从省城回山川，毕竟能够单独与吴运合相处，不仅什么话都可以说，而且她要拉着吴运合去见他的母亲。

天已经黑了,一种说不上来的小激动在肖露露心里漫延,她用钥匙打开抽屉,拿出一个黑色的笔记本,这里记录了她到腾达以来所有的点点滴滴,当然也包括她对吴运合的爱慕与担心。突然,一张银行卡掉落下来,肖露露捡起,那是吴运合给他的100万,也是让她做自己妹妹的承诺,更是自己心甘情愿为吴运合分忧的见证。正是这张银行卡,肖露露下定了跟随吴运合的决心,并向刘艺辉献出了自己。看着银行卡,肖露露的眼泪流了出来,一个如花似玉的姑娘,为了爱,糊涂得迷失了自己。

"吴董,为了你,我失去了一个女人最宝贵的东西;为了你,我无法抑制自己对色眯眯的刘艺辉的恨;为了你,我感到自己孤独、可怜;为了你,我也曾试图去调解舒阿姨对你的误解;为了你,我无数次克制自己,不要对那个马行长吃醋;为了你,我多少个夜晚无法入睡,尤其是你在国外的那些日子。我知道,自己没有资格爱你,但内心深处我又根本控制不住对你的仰慕,这究竟是不是爱,我真的不知道,可我敢肯定地对自己说,我确实是爱上了你。不然,你安排的很多事情,我都不会违心地去做。你什么时候才能够理解一个痴女子的爱啊?我在自卑与自恋中挣扎,在梦想和痛苦里煎熬,我对你的爱,你何时才给我以回应?每次流出苦涩的泪水,我简直想扇自己两个巴掌……"

肖露露一边用纸巾擦拭着泪水，一边合上笔记本放入抽屉里，简单收拾一下就休息了，明天早上，她还要去接吴运合……

　　心里有事，时间就过得有些快。天刚蒙蒙亮，肖露露就开着吴运合的奔驰车出发了。

　　"我带你飞，风温柔地吹……"吴运合是被手机来电铃声惊醒的，睁开眼马玉已经不在身边了，而电话也正是马玉打来的。

　　"我已经到单位了，肖露露也应该过来了吧。我用菱角给你煮了糖水，在厨房里，你热一下喝了，就可以解酒了。非常感谢你陪我过了一个终生难忘的生日，顺便提醒一下，你走时把房门带上即可，是自动上锁的。"

　　吴运合答应着去厨房热糖水，下意识地看了一下手机上的时间，快8点了，肖露露怎么还没有到呢？

　　正当吴运合端起热好的糖水要喝时，"我带你飞，风温柔地吹……"他的手机又响了，听到电话那边的声音，他差点把手里的糖水杯子掉到地上。

　　"您是吴运合先生吗？我是临江公安厅交警事故处理大队的，你的车在滨江路桥头掉进了江里，车已经打捞上来，只是车上的女司机已经没有生命体征了。"

　　"你、你、你说什么？能不能再说一遍？"吴运合的酒劲一下子没有了。

"吴先生，请您抓紧时间来一下现场，我们在滨江路桥头等您。"

吴运合有点蒙，好端端的肖露露怎么说没就没了。他哪还顾得上喝糖水，箭一样地向门外跑，到了门口，才发现自己脚上还穿着拖鞋，慌忙转身找鞋子，匆忙而去。

与马玉见面后，娄鸿波感觉到这个女人确实能耐不小，张口就让他开个价，只要她能做到，尽量满足他的要求。金钱，又是金钱，难道这个世界真的什么事情都可以用金钱来解决？在娄鸿波看来，哥哥外逃这几年，就连自己也被拖进了火坑，这不是用金钱就可以解决的，多少钱能买回哥哥的尊严，多少钱能弥补自己妻离子散和事业的损失？这个代价娄鸿波算不出来。

想着在异国他乡如同惊弓之鸟的哥哥，想到自己曾经的家庭和事业，娄鸿波内心深处恨透了哥哥背后的那些黑手，一个人即使再穷，也不能丢掉做人的尊严，也应该拥有最起码的道德与良心。因此，对于金钱，娄鸿波是不屑的，他想要的其实很简单，就是要让那些站在哥哥背后的人，见一见"阳光"，或者说，他想看看他们最终的下场。

想法有，但有时候一个人孤孤单单地想解决问题的办法，就难免会钻进死胡同。娄鸿波想过走极端，干脆下黑手，让这些看似光鲜的人也尝一尝什么是痛苦，但思来想去，娄鸿波认为，如果真要那么做了，违法不说，自己不但什么也得不到，而且还有可能白白搭上自己的性命。可究竟应该怎么做，才能真正出了这口恶气，才能两全其美，他实在想不出好方法。为此，娄鸿波整日憋在吴运合的宅院里，苦思冥想。

秦桧也有两三个交心的朋友，况且哥哥在娄鸿波的眼里最多也是一个替罪的，并非是主谋。娄鸿波想到了哥哥曾经给他提到的一个人，说两个人关系一直都不错，当时此人在省法院是一个庭长，叫常侃。时间过了这么久，按照干部提升的年限和标准，真不知道这个叫常侃的、哥哥曾经的朋友，现在去哪里高就了。找人恐怕是最难的事情了，但有了名字，找起来也就不是什么难事。娄鸿波干脆把电话打到了临江法院，果不出所料，接电话的人很礼貌，告诉他常侃已经不在省法院任职了，现在是山川市中级人民法院的常务副院长。

人生活在这个世界上，首先是一个自然人，其次就是一个社会人，毕竟人是需要交际的。于是，娄鸿波就决定去见见常侃。

看到娄鸿波时，常侃愣住了："怎么跑我这里了？咋不去自首？"

"什么自首？"

"你是被通缉人员啊，你这不是在害我吗？"

"看清楚了，常大院长，我是娄鸿波。"

"娄鸿波？你怎么和娄鸿涛那么像？"

"娄鸿涛是我哥哥，我们是双胞胎啊。"

"哦，想起来了，好像听你哥哥说过。你不是在国外吗？怎么回来了，找我有什么事情吗？"

"一言难尽，你是我哥的朋友吗？"

"过去是的，现在可能已经不是了。"

"为什么？"

突然，常侃的手机响了。"你等一下，我接个电话。"

常侃看到是外甥张大虎打过来的，便拿起了手机。瞬间，他好像被电击了一般，先是怔了一下，接着便连珠炮似的发问："你说什么？什么时候的事情？能够确认吗？"

娄鸿波看着接电话的常侃，自己也忽然紧张起来："怎么了？发生了什么事情？"

"你别说话！"显然，常侃这话是对娄鸿波说的。"车和人现在在哪里？什么？在省城。吴运合呢？好好好，我马上去找刘市长。"

放下电话，常侃就下了逐客令："老弟，鉴于你哥哥目前的情况，我也真的是帮不上你什么忙，现在我有一个非常紧急的事情，需要去见市长，请你以后不要再来找我了，好吗？"

常侃说着就向门口走，娄鸿波感觉自己也没必要再说什么了，就一起跟了出来。身后的关门声让娄鸿波顷刻清醒了许多。看着常侃头也不回地匆匆而去，娄鸿波心里有一种难以名状的痛：人在难处，朋友又有几个是真心的？

听完常侃的汇报，刘艺辉平生第一次感到自己骨架散了，他用怀疑的目光盯着常侃："这件事情你确认了吗？可千万不能开玩笑！"

"这事谁敢开玩笑啊，刘市长！我也是刚刚接到大虎的电话，就马上赶过来向你汇报了。"

"不应该啊，这么大的事情，市里怎么一点儿动静也没有？"

"也是，可能事发太突然了吧，毕竟不是在山川。"

"不行，我得问一下卫江。"刘艺辉不愧是久经官场的老手，他拨通了卫江的电话。

"刘市长，你有什么指示？"

"腾达出事了？"

"尚不清楚，我正在赶往事故现场，在没有确认之前，也不能打扰市长啊。"

"都什么时候了，还扯什么蛋！确认后，第一时间告诉我。"刘艺辉不等卫江回话，就挂了手机。

"应该八九不离十了。"刘艺辉自言自语。

"吴运合被母亲起诉的事情怎么样了？"

"还能咋样？老太太是个明事理的人，只是吴运合整天忙得见不到他，事情还搁置着。"

"你们法院办事情怎么就这样拖沓？芝麻大的事情都处理不好，等天塌啊！"

"我们一直在努力化解矛盾，老太太也答应做调解。"

"调解，调解，你们连人都见不到，还怎么调解啊？"

"是，是，是，我们需要赶快把吴运合和他母亲的事情圆满

107

处理了。"

"抓紧处理，你去忙吧，我想一个人静一会儿。"

目送常侃离开，刘艺辉感觉自己像是掉进了冰窟，凉意直抵内心。一个看起来再光鲜的人，也是个平常人，心中的凄凉和孤独，即使再怎么掩饰，也总会袭来，任何人都无法避免。

想想自己，想想家庭，想想那个岳父大人，刘艺辉心中的痛苦能说给谁听呢？好不容易遇到了肖露露，虽然他也很清楚肖露露的心并没有在他这里，可他是打心里喜欢这个姑娘的，这也是他唯一能够吐苦水的人，现在却毫无征兆地突然消失了，而且是永远消失了。

爱是什么？爱就是你爱一个人，也毁了一个人。这句话，刘艺辉现在才真正理解它所包含的寓意。露露，你怎么就这样不声不响地走了呢？

想念肖露露，刘艺辉就愈发怨恨吴运合，吴运合啊，你事业做得那么好，你的情商怎么就那么低呢？你把一个喜欢你的姑娘送入我的怀抱，你是在害我，还是在报答我啊？

吴晗和郑志明到达腾达，已经是上午将近10点了，两个人来到5楼的时候，整个楼层已经被警察圈了警戒线，卫江看到郑志明就走了过来："郑书记，您怎么过来了？"

"过来看看情况，到底是怎么回事啊？"

"现在是省厅直接介入，我们也只是配合，具体情况需要省厅调查清楚才会有结论。"

"这个我能理解,省厅直接介入能够更准确地弄清事情真相。怎么我看刑警也来了?难道还涉及刑事?"

"具体细节有待研判,但省厅已经调取了大桥和滨江路的监控,详细情况正在紧张调查中。"

"运合呢?"

"大概去省厅了吧,我到现在也没有见到他,据省厅交通事故处理大队的朋友讲,他应该去那里配合事故调查了。"

"他当时没有在车上吗?"

"应该没有。"

"奇怪了,大清早的,肖露露开车去省城做什么?还开的是运合的车。"

"这个就不知道了。"

看着忙忙碌碌走动的警察,郑志明向卫江打了一个招呼,就和吴晗转身离开了。走进电梯,郑志明对吴晗说:"这件事情先不要告诉你妈妈,我知道她与肖露露感情也不错,一时半会儿恐怕接受不了。"

"好的,爸,但这么大的事情即使我不告诉我妈,她早晚也会知道。"

"晚知道总比早知道要强一些。很多事情,会随着时间的推移慢慢被淡化,况且,现在还不知道究竟是什么原因,告诉她,反而会让她更不能原谅你哥哥了。"

"也是,我妈对我哥一直有成见,我也试着调解了好几次,根本就不起什么作用。"

"这就是做人的难处，事业和家庭都能够兼顾好并非易事。我也多多少少知道一点，有些事情很可能是你哥考虑得不够周全，你妈现在的心情，我是理解的，人到了老年，还不是图个儿女平平安安。如果有时间的话，你抽时间去看看你哥，肖露露突然出事，他心里不比任何人好受。"

"我听你的，爸，我送你回家吧。"吴晗答应着。

接到刘艺辉的电话，马玉首先是震惊，继而感觉自己简直是个大罪人，昨天还好端端的肖露露，怎么可能就这样没了？

这一刻，马玉有些不能原谅自己了，她给远在京城的父亲打了几次电话，但父亲一直没有接电话。她呆坐在办公室里，不知道自己这个时候应该帮吴运合做点什么，来弥补自己听命父亲之后，才导致的这样一个大悲剧。难道父亲所说的弄点动静出来，就是要让一个活生生的生命消失？如果真是这样，也未免有些太残忍了。多年来，马玉在官场和商界周旋，对其中的事情她多少也知道一些，但如此歹毒的作为，她确实还真的没有经历过。

对父亲，马玉是敬畏的，父亲毕竟是省里的领导。很多时候很多事情，父亲也并没有让她过多参与，所以，马玉只是听命父亲对有些事情的安排，在马玉的心里，父亲是慈祥的，是睿智的，更是不容反驳的。

权力是什么？马玉自己作为省银行的行长，怎么会没有切身体会呢。虽说权力是一把双刃剑，人也都是有感情的，工作中孰轻孰重，谁远谁近自然就会有区分，这大概就是人们常说的私心。说到私心，就考验人性了，分寸把握的难易程度，仁者与智者就很好分辨，向前一步，火海深潭，后退一步，碧日晴天。

对父亲的唯命是从，兴许蒙蔽了自己的双眼，马玉知道自己这么多年唯父亲马首是瞻，不少事情是违心而为，至于违法不违法，她也说不清楚，而好多情况下是打了擦边球的。可父亲就只有她这么一个宝贝女儿，母亲又早早离世，想想父亲也确实很不容易，做女儿的能够为父亲分忧，还有什么可顾虑的呢？但毕竟自己也是一个有思想的成年人，她也感受到了父亲有些事情做得确实过分了些。

正胡思乱想时，父亲的电话回过来了："我在开会，有什么急事吗？"

"爸，肖露露开车掉进了江里，人没了。"

"是吗？这和你又有什么关系？"

"肖露露是吴运合的秘书啊。"

"知道了，这有什么大惊小怪的，干好你自己的工作就行了。我还有事，没有必要为他人的事情费心思。"

也是，肖露露和自己有什么关系呢？是不是自己吓唬自己，想得太多了？马玉放下电话，感觉自己有点可笑：有时候，人怎么会这样自我矛盾呢？

临江交警支队事故处理大队的办公室里，看着监控画面，吴运合感觉脊背直冒冷汗。

"这是肖露露转向滨江路时的情况，可以清楚地看到，车辆从桥头拐向滨江路时，也就是在下坡的过程中，车辆速度很快，刹车没有起到任何作用，直接冲进了江里，好在江水在桥头有回旋，车辆才没有被江水卷走。至于刹车是否出现了问题，技术部门已经在勘验。"

听着事故分析，吴运合心惊肉跳，原本状况一切良好的奔驰车，怎么会突然出现刹车失灵的问题？别说是肖露露开，就是自己当时开着，也未免能够逃过这一劫难。

"你的这辆车最近借人用过没有？"

"没有。"

"停在哪里？"

"公司。"

"你知道肖露露为什么开你的车吗？"

"不知道。"吴运合迟疑了一下，还是撒了谎。

"这么早她来省城做什么？"

"我不在公司，不清楚。"

"她经常开你的车吗？"

"她自己有车，偶尔开。"

"你们公司监控正常吗？"

"正常。"

"我们需要调看贵公司的监控。"

"当然，我们会做好一切配合工作。"

"鉴于肖露露亡故原因不明，在事故结论没有调查完结之前，希望你能配合我们做事故的调查。"

"一定。"

走出大门，吴运合感到自己有些腿软，肖露露的突然离去，让他心里有一种难以名状的不安，他有些后悔自己应该把肖露露来省城接他的原因如实告诉警察，但不知怎么就鬼使神差地隐瞒了。这是为什么呢？是自保，还是其他？他居然无法给自己找一个合适的理由。苍天啊，你怎会如此的无情，他又该如何面对肖露露的家人呢？

嘀嘀——汽车的喇叭声让吴运合转移视线，他看到道路的对面，张大虎正在向他打着招呼。

"去哪里？"车辆启动，张大虎问。

"现在哪里也不去，还是先回公司等结果吧。"

"郑大哥，郑大哥，在家吗？"

郑志明听到外边有人喊他，听声音，他知道是舒嫚筠来了。

"在家。"郑志明打开院门，舒嫚筠气喘吁吁地站在门口。

"什么事啊？火急火燎的，进屋说吧。"

"出事了，出大事了！"

"咋了？火上房了？"

"比火上房严重多了，唉——"

走进屋，郑志明为舒嫚筠倒上茶水，舒嫚筠喘着气坐下："怎么？你不知道？"

"哈哈，看你着急的样子，你把我给弄糊涂了，总得让我知道是什么事情吧？"

"你可真是心大，还笑得出来？"

"怎么了？有这么严重吗？"

"岂止严重？是人命啊！"

"啊？"

"昨天，市电视台新闻说，运合的车掉进江里了，是那个肖露露开着，人没了！"

郑志明一下子明白了，现在是信息社会，看来想隐瞒是不可能的事情了："这事啊？你吓我一跳，我也是刚刚知道。"

"多好的一个姑娘，说没就没了。"

"天灾人祸，生老病死，人又怎么能够左右？"

"关键车是运合的啊。"

"是，但不是运合开的车啊。"

"为什么肖露露会开着他的车呢？"

"你的意思是？"

"车是运合的，肖露露出了事，他能脱得了干系？"

"这样想确实没错，但现在好心办坏事的也确实不在少数，也许运合是出于好心借车给她用呢？所以，在事故认定结果没有出来之前，不要自己吓自己的。"郑志明在极力安慰舒嫚筠。

"唉——自作孽，不可活。翅膀硬了，管不了了。"舒嫚筠喝了一口茶水，不说话了。

临江郊区宾馆会议室。

"通过查看监控，在技术部门的努力下，可以确定肖露露从大桥转向滨江路驶入江中，是因为吴运合的奔驰车刹车被破坏，导致在下坡时突然失灵。更让人感到奇怪的是，在调取了腾达公司监控后，发现监控没有正常使用，但吴运合在事故大队反映公司监控正常，可见吴运合也未必知道监控的不正常。"蔡畅在向巡视组汇报肖露露驱车掉进江里的情况。

"也就是说，吴运合的车辆是被人动了手脚？"廖清辉问。

"从目前来看，应该是这样。"蔡畅回答。

"那么，我们的工作就要细化了。"廖清辉喝了一口茶水，接着说，"这是一种转移视线的征兆，巡视组到达临江，我们的任务又多了一项，在对嫌疑对象暗中监视的同时，一定要保护好每个环节上至关重要的人。很庆幸这次不是吴运合出事，但对于人为破坏车辆刹车的线索，对外先不要声张，要加快侦破。从现在开始，大家要时刻绷紧每一根神经，要始终知道我们在明处，力争在春节之前，把临江的案子查清查实。省厅公安已经从肖露露住处，拿到了有价值的日记，要仔细研判，不要错过任何一个细节，目前工作的重点就是要把突破口放在肖露露的日记上。涉及的所有当事人，不能再出现任何差错。另外，娄鸿波那边有没有最新的进展？"

"娄鸿波没有什么活动，只是去见过常侃，但这与他哥哥娄鸿涛和常侃曾经关系好有关，而常侃似乎对娄鸿波很是冷淡。"魏自明说。

"同志们，临江的情况很复杂，我们的任务很艰巨，希望大家克服困难，不辱使命，把中央对我们的信任转化成工作的动力，用实际行动完成好我们在临江的巡视工作。"廖清辉说。

娄鸿波确实没有想到常侃会这样无情。实际上，他去见常侃也没有什么目的，只不过是想印证一下哥哥和常侃关系究竟怎样，结果让他很失望。

人啊，应该都是这样的，没有什么血缘关系，朋友也就那么回事儿罢了。什么两肋插刀，什么海誓山盟，都是嘴上说说而已。彼此有利时，你好我好大家好；一旦遇到难处，向你伸出援手的，恐怕你掰着指头也只能摇头而已。

娄鸿波忽然又想到了哥哥，哥哥一直是家族的骄傲，可他怎么也想不到，权力会让哥哥变得忘了本，光宗耀祖的光环让哥哥迷失了方向，成了权力的奴隶，一下子从神坛跌了下来，反而成了家族里的耻辱。这种耻辱不仅让哥哥外逃后，活得人不人，鬼不鬼，妻离子散，而且让自己事业家庭也都散了架。也正是如此，他才决定回来要给哥哥讨说法，要给自己讨公道。

无论是为哥哥，还是为自己，讨说法和公道说起来容易，做起来就难多了。究竟应该怎样去做，娄鸿波一直没能想到一个两全其美的方法，至于马玉说到的用金钱补偿他们，他也不是没有动摇过，可如果真要是那样做了，自己很可能也会步哥哥的后尘，还很可能比哥哥更糟，这样的话，也违背了自己回国的初衷，所以，他必须要把自己的腰杆挺直了。

基于这种想法，他才让国外的朋友照顾好哥哥，自己要豁出去了。

要想人不知，除非己莫为。人活在这个世上，很多时候很多事情你是无法解释的，往往担心什么就会发生什么，躲也躲不开。恶有恶报，善有善果。

肖露露的突然去世，让刘艺辉心里有一种难以名状的失落，也萌生出一种从来没有过的恐慌。尤其是当他得知省公安厅已经介入，并到腾达对肖露露的房间进行了取证之后，他不知道自己和肖露露的事情会不会东窗事发，会不会让自己身败名裂。因此，他每天除了工作之外，就有意识地把自己禁锢在办公室里，祈祷着不要让倒霉临头。

人算不如天算，担心的事情还是发生了。当省纪委的电话打给他，让他到省纪委汇报工作的时候，他就明白要发生什么事情了。

到达省纪委，见到与自己还算熟识的纪委领导，他一下子感觉有些脸红。

"正常调查，希望刘市长知无不言。"

"一定，这点觉悟我还是有的，不知道让我过来究竟发生了

117

什么事情？"

"请刘市长把与肖露露的事情讲清楚就行。"

这种事情怎么说啊，刘艺辉真想钻地缝里去，可组织纪律他很清楚，不得不红着脸、一五一十地汇报自己和肖露露的点点滴滴。那种像剥光了衣服般的窘迫、无奈和汗颜，与小学生做错了事情被老师训诫没有什么区别。

权力是什么？当组织和人民信任你，把权力交给你的时候，飘飘然用不好权力，伤害别人的同时，一样会伤害自己。

"根据省委指示，鉴于刘市长目前的情况，你暂时留在省里，山川的工作由常务副市长主持，请刘市长仔细想想，还有没有没有谈到的事情，希望不要有所保留。"听着省纪委领导的话语，刘艺辉心里似地震了，震级8级不为过。

也许是突然的良心发现，也许是觉着理亏，吴运合对肖露露的离世很自责。

如果自己没有与马玉的荒唐，如果不让肖露露接触刘艺辉，如果不让肖露露到省城接自己，也许就不会发生这样的灾祸，但事情已经成为事实，那些如果已经毫无意义。接下来是如何让逝者安息，让家人得到抚慰。

世事无常。很多时候你不情愿看到的情景，活生生地在你面前发生，这个时候你不处理不行，处理不好更不行。

第一次遇到这样的事情，怎么处理呢？吴运合感觉自己思绪很乱，根本理不出头绪来。给钱？多给肖露露家人些金钱补偿，也许可以让她的家人得到慰藉，但金钱这东西有时候也不是万能的，这一点，吴运合比谁都清楚。

那么，怎么解决才是最好的方法呢？吴运合真的想不出来。而更让他头疼的是省公安厅的迅速介入，肖露露所有的东西全部被取走了，他真的不知道，肖露露的那些东西中，有多少是和自己有关的，他感到焦虑、无助。

正当他焦头烂额、苦思冥想时，办公室有人敲门，随着他的一声"请进"，推门进来的人吓了他一跳。

"你怎么来了？有什么事情？"

"一直想和你谈谈。"娄鸿波在吴运合对面坐下。

"和我谈？谈什么，我们之间有什么关系？"

"当然有关系，而且还不是一般的关系。"

"莫名其妙，我们根本就不认识。"

"当然认识！只是我们认识你，你不认识我们而已。"

"我们？什么意思？"

"想知道吗？"

"是啊？你是不是搞错了？"

"如果你愿意听，我可以把一切内情都告诉你。"

多年从事纪委工作，郑志明的判断是正确的，正像廖清辉所言，临江的情况有些复杂。郑志明隐隐地感到，这种复杂盘根错节，枝蔓很多，很可能有的枝蔓攀附着大树，那大树撒下的荫凉已经浸润了很多领域。

就拿山川市来说，他能够想到刘艺辉是那棵大树荫凉下的受益者，但吴运合充其量只是一个在荫凉下走动的路人，或者确切一点说，吴运合只不过是被藤蔓缠绕，被枝蔓利用而已。那么，阴霾终究会散去，也许肖露露事件就能够揭开这棵大树遮盖阳光的那片叶子。

作为一名退休的纪委干部，多年形成的工作习惯，让他无法安闲地休息，尤其是那次廖清辉找他之后，郑志明感觉自己肩上的责任不仅没减，反而更重了。

现在，他最担心的倒是舒嫚筠了，他为有这样一个亲家感到由衷欣慰。郑志明佩服舒嫚筠判断事物的准确，也同情她对儿子吴运合的良苦用心，但世事变化无常，好心未必都能办好事，再干净的鞋子也要踩泥泞的。何况，人受不同的环境影响也是会变的，很多人在一条路上走着走着，就会迷失了方向。

肖露露的事故，郑志明已经感觉到了对舒嫚筠的冲击，那天她慌慌张张来到家里，她对儿子的牵挂越来越重。几天过去了，舒嫚筠现在是什么情况，怎么样了？一个孤独的人，身边一个人也没有，这是不可以的，得让吴晗把她接过来，有什么话自己和她聊一聊，最起码可以宽宽她的心，何况，这也是他作为儿女亲家的责任。郑志明拿起电话，拨通了吴晗的手机："中午去把你妈妈接到咱家里来。"

"好的，爸，我一会儿就去。"

梁蕙茹很吃惊，舒嫚筠走进了她的办公室。

"妈，您怎么来了？"

"我这几天都没有睡好，找你有点事。"

"什么事情啊，打个电话我回去不就行啦，您老人家怎么还跑这么远？"

"有些话电话里说不清楚，我见到你才能放心。"

"是他的事情？"

"是，与运仓有关。"

"我已经知道了，是肖露露的事情吧？"

"是的，这也是我最担心的。你说，车是他的，怎么偏偏是露露那孩子出了事呢？"

"这也没什么好奇怪的啊。"

"咋就不奇怪了？"

"借车用一下，也是很正常的。"

"借车？没那么简单吧？那么早，露露去省城干什么啊？而且为什么露露一定要开着他的车去省城啊？"

"这咱咋能知道啊？妈，您老人家该歇歇了，他就要奔五的人了，什么事情能不会处理，你还要为他操心？再说了，公安部门不是也正在调查吗？"

"调查调查，有事怕调查，没事也怕调查，查着查着，没事也就有事了。"

"妈，您想多了。正好，我今天去接孩子，走，看看您孙女吧。"

"好好好，唉，赶紧走吧，我也正想孩子呢。"

吴运合像是吞吃了苍蝇一样，当他听完娄鸿波的一席话，一种被人欺骗的耻辱感充斥内心，他觉得很恶心。

利益利益，利益与人情有着无法隔离的必然联系。自己原来不参政，确切地说，就是现在也没有，只不过有时候迫于对马玉的感激，替她跑跑腿、办办事，也是情理之中的事情，但让他无法相信的是，自己被马玉牵住了鼻子，而且自己奔波在她的弥天大谎里又浑然不知。这就难怪母亲要起诉自己了，所谓当局者迷，旁观者清，母亲可能已经发现了自己的路走偏了。

香艳里自有暗流，锦衾里隐藏着匕首。他看着娄鸿波，一种莫名的感伤涌上心头："我很同情你的遭遇，也为你的哥哥感到不值。我想知道的是，你这次从国外回来，究竟想得到什么？"

"我现在孤身一人，无牵无挂，只想为我哥哥讨个说法！"

"如果仅仅是这样的话，我很佩服你的勇气，但这并非易事。从我这个角度来看，最好的办法，是劝说你哥哥早日回来自首。那样的话，一切事情都将会大白于天下。"

"那我的损失呢？"

"这个问题你要两面看，你的损失当然归咎于你的哥哥，如果不是他逃到你那里，你又怎么会有这么多的委屈呢？"

"话虽这么说，可这样的结果又是谁造成的呢？难道这些幕后的人就应该逍遥法外？"

猫不馋嘴不可能被鱼刺扎了喉咙，人不犯贱不可能自找麻烦。吴运合看着娄鸿波，他实在想好好劝劝这位因为哥哥而即将走上绝路的人，可他真的没有底气，一个在开始下沉的破船上的人，怎么又有能力向落水的人再施以援手？

"那就只能祝福你了。"

"无论怎样，我要谢谢你的祝福。但对你而言，我也能够真实地感觉出来，你不是坏人的同类，应该停下脚步反省了。退一万步说，考虑到你的企业和员工，你需要想办法自救了。"说完这句话，娄鸿波起身离开了。

"砰"的一声，随着吴运合办公室的房门被娄鸿波在身后关上，这一声门响，吴运合突然感觉自己的灵魂离开了躯体。

吴晗匆匆忙忙赶回老家，却未能见到母亲。看着紧锁的家门，吴晗犯了嘀咕：这个时候，母亲能去哪里呢？

如今的乡村，已经不是自己小时候的乡村了。吴晗清楚地记得，自己小时候在哥哥的庇护下，与村里小伙伴们玩耍的情形。那时候，户与户之间，因为日子过得清苦，没有血缘的邻里比有血缘关系的亲戚还亲，毕竟亲戚住得远，邻里距离近，谁家有事大家都当作自己家里的事情办，就是平常偶尔做一顿好饭，邻里之间也会相互端上一碗，有福同享。

现在呢？虽说自己住在城市里，也工作在城市中，但对乡村的事情，吴晗还是清楚的，缘于经常下基层，她对乡村的生活并不陌生，年轻人大都出门务工了，村里留下的大多是老人和孩子，老的老，少的少，老人还要照顾孩子，担负着接送孩子上学的任务。生活的节奏快了，人与人的接触少了，只有在春节的时候，天南海北的家人们才会回到家乡，与邻里聚在同一个屋檐下，真正给自己放了假，相互间亲朋走动。这种单纯的你来我往，才让亲情氤氲起来，弥散开去。

乡村已经不是过去的乡村，城市呢？住在同一栋楼里，如果没有工作和生活中的交集，门对门视若路人，最多也只不过是偶有相遇，彼此点一下头算是打了招呼，这也是当前城市中邻里关系的现状。作为川南区的区长，吴晗对这些事情太了解了，如果偶尔邻里闹点矛盾，城市居住本来就没有乡村那么宽绰，不涉及谁家的利益，谁又会去多管闲事呢？

思来想去，母亲究竟会去哪里呢？难道母亲去了村后的半山坡？那里有父亲曾经亲手开垦的荒地，现如今也是父亲的墓地。吴晗正准备向半山坡走时，忽然一个人从脑海里闪现出来：前嫂子梁蕙茹。

虽然哥哥和嫂子离了婚，但吴晗对梁蕙茹还是很敬重的，再加上工作中时有接触，所以，她与梁蕙茹如今的关系还是很不错的，何况，平时她也会抽空去看看侄女。于是，吴晗拨通了梁蕙茹的电话。

"姑姑，姑姑。"

让吴晗极为惊喜和意外的是，接电话的居然是小侄女欣欣。

"欣欣，妈妈呢？"

"妈妈正在和奶奶说话呢。"

吴晗的心放下来了："欣欣，你怎么知道是姑姑打的电话啊？"

"妈妈手机上有显示，是姑姑的名字。"

"想姑姑吗？"

"想。"

"那你要听姑姑的话，告诉妈妈，姑姑一会儿就过去。"

"嗯。"

挂了电话，吴晗心里甭提有多开心，一是得知了母亲的去处；二是也很欣悦，孩子童真纯洁的心灵，没有成人那么多的杂念和纠结。吴晗急忙上车，她要去接母亲，公公郑志明还在家里等着呢。

马玉根本想不到，娄鸿波会直接找到她的办公室来，随他一起走进来的，还有一个门卫保安。

"我不让他上来，他说和你是亲戚，咋拦也拦不住！"听着保安的解释，马玉示意知道了，让保安走了。

"什么事情，必须火急火燎地找到单位来？难道你忘了我告诉你的话，你瞎跑什么？"马玉几乎是瞪着娄鸿波。

"怎么解决？"

"什么怎么解决？"

"你不明白？"

"我明白什么啊！"

"揣着明白装糊涂，是吗？"

"你这话是什么意思？"

"什么意思还需要我再说多少遍？"

"你一遍也没说啊！"

"上天堂还是下火海？"

"你在说些什么？别忘了我们是在一条船上啊。"

"一条船？不是吧？"

"怎么不是？"

"可能吗？一条船上的人，怎么会有如此大的悬殊呢？你们一点事情都没有，我们几乎是家破人亡。"

"这种话，你得先考虑好了再说。想想这么多年我对你们兄弟的照顾吧。"

"照顾？如果施舍也是照顾的话，我也想请马行长好好想想，你又为什么要隔着大洋照顾我们兄弟啊？"

"唉，我可怎么说你呢？"

"该怎么说就怎么说啊！"

"大风大浪你也见得多了，能不能沉住气？"

"不能！"

"那你就把你和你哥哥的想法都说出来吧。"

"还说什么？我们的想法你又不是不知道。"

"可我说的办法你不同意啊！"

"你觉得人的尊严，用金钱可以买回来？"

"尊严能够当饭吃？"

"不能。"

"那不就是了！人，有时候低头也是一种尊严，懂吗？"

"滑稽，可笑！如果低头是尊严，为什么那么多人要昂着头呢？"

"你曲解了我的意思。"

"没有。每一个人都应该有尊严地活着，如果是自己把尊严弄丢了，是活该；但如果是别人把自己的尊严弄没了，必须要想办法找回来！"

"那你找我的意思是——"

"我只是想告诉你这位大行长，任何人都与金钱无仇，但金钱并非万能，动不动就拿金钱来说事，这解决不了根本问题。我今天要对你说出我的真心话：要么，我去把问题交代清楚，要么，我让哥哥回来自首！"

"你——你——，怎么能这样？"

"告辞了！"

看着娄鸿波转身而去，马玉的脸色由粉变红，再由红变紫，她在想，该如何安抚好这个烫手的山芋呢？

友情是朋友相处的黏合剂，爱情是联结婚姻的一条红线，亲情则是维系家庭的根脉。

走进梁蕙茹的家，欣欣一下子就扑了过来，吴晗抱起侄女，顺口喊了梁蕙茹一声"嫂子"，话一出口，吴晗感到有些尴尬，梁蕙茹却莞尔一笑。

看到女儿有点不好意思,舒嫚筠倒是乐了:"这有什么难为情的?"

舒嫚筠的话反倒让梁蕙茹不好意思起来,但她很清楚吴晗匆忙来找舒嫚筠肯定有事,以她自己的判断必定和吴运合有关。缘于自己曾经被巡视组找过,隐隐约约中,她似乎觉察到了肖露露这个导火索,已经引燃了山川乃至临江的定时炸弹。

从内心而言,她确实同情吴运合打拼事业的艰难,虽说他们已经离婚,但吴运合毕竟是孩子的父亲,一日夫妻百日恩,可他心甘情愿被人摆布,这其中到底有着怎样的原因,梁蕙茹不想也不愿意知道,只是曾经的婆婆,如今的情形实在让她揪心。现在最好的方法,就是尽量回避,她想让自己和无辜的孩子安稳度过每一天。

基于这样的考虑,梁蕙茹对吴晗说:"我陪孩子去做作业,你和妈聊。"梁蕙茹和欣欣走进了孩子的住室。

"你这丫头,不忙吗?来打扰我看孙女。"见梁蕙茹带着欣欣走进孩子的房间,舒嫚筠用疑问的目光看着吴晗。

"你都不想想,妈,我怎么会不忙啊?"吴晗走近母亲,"是我公公让我来接你的。"

舒嫚筠有些愕然,一般情况下都是自己去找他,郑志明怎么会让女儿来接自己呢?"知道是什么事情吗?"

"我咋能知道啊?您又不是不知道,很多事情,我公公是不让我参与的。"

"着急吗?"

"妈，不急我能来接你？接你回家后，我还要赶到区里参加一个紧急会议呢。"

"我才见到孙女，你就来打扰，好好，让我再看看欣欣。"舒嫚筠冲女儿噘了一下嘴。

刘艺辉被省里留置，马霵褶第一时间就知道了。虽然他身在京城，但作为临江主抓政法的省委副书记，什么事情又能瞒过马霵褶呢？

对于这个市长女婿，马霵褶是有分寸的。因为他知道刘艺辉有着自己的从政之路，根本用不着他多费心。但关键是这条路上，又确实有一位自己不敢轻易得罪的领导。多年的政坛生涯，马霵褶很清楚，不在一条路上的人，是很难融在一起的，即使有时候意见虽然一致，但很多时候故意唱反调证明一下自己的存在，也是常事。所以，自己的很多事情，他是不想也尽量不让刘艺辉知道的，就这一点来说，刘艺辉的留置，对他没有太大的影响。马霵褶也试图想通过别的方式告知刘艺辉的那位恩人，但思来想去总觉得不妥，此地无银三百两的事情，马霵褶是不干的。因此，静观其变，加紧安排自己的事情，马霵褶的心里有着他的如意算盘。

尽管自己有想法，可娄鸿波去找女儿马玉，威胁要去自首的事情，委实让马霵褶有些恼火。有时候人就是弹簧，松了不行，紧了不行，太松、太紧了都不行，过分地松，弹簧就失去了作用，而强行地紧，弹簧就会断裂。

在马矗褶眼里，区区一个娄鸿波算什么东西，可以说与自己一点关系都没有。至于他的哥哥娄鸿涛，也只不过是他棋盘上的一个小卒，需要的时候，就必须过河去，不需要的时候，丢一个卒子对整盘棋又有多大的影响呢？所以，对娄鸿波从国外回来搅局，马矗褶是绝对不允许的。所谓将有将的策略，兵有兵的方法，归根结底，策略不能受到影响，一旦影响了策略，后果是可想而知的。

不动声色地做事，这是马矗褶的长项。多年来，有多少事情是在他从不露面的情况下，都办得圆圆满满，每每想起来，他是志得意满开心的。而这次，他同样要用这样的方法，让这个不识好歹的娄鸿波永远闭嘴。

接到蔡畅的电话，卫江一点也不敢耽误，匆匆赶到了省公安厅。

"临近年关，工作量在不断加大，各种不安定因素需要尽快排查和化解，召开这次全省公安局长会议，是省里的安排。"在省厅的会议室，蔡畅对所有到会的县（市、区）公安局长们提出要求："第一，要确保群众安全过好春节，对各类不稳定因素要联合有关部门进行一次全覆盖检查；第二，鉴于中央巡视组入驻临江，要尽力做好配合，对每项工作必须做到严守机密；第三，接省委指示，春节是外逃人员思想波动最大的时候，全省 4 名外逃人员已经有 2 人回国自首，另外 2 名要密切关注其动向，做好家人和亲属劝其早日回来自首的工作。最后，需要强调的是，无论中央巡视组对任何县（市、区）提出需要配合的要求，必须无条件地接受，并做好一切必要的保密工作。"

这次开会，各县（市、区）公安局局长最惊奇是，在蔡畅厅长简短说明此次会议的目的后，作为中央巡视组成员的魏自明，居然也出现在了会场。魏自明是在会议即将结束的时候，在省委办公厅负责人的陪同下来到会场的，这多多少少让卫江有些吃惊，潜意识里他猜到了魏自明来全省公安局长会议的原因，而魏自明一说话，就证明了他判断的准确。

"同志们，耽误大家几分钟时间，我把巡视组与省委的意见传达给大家。春节是整个公安系统最累的时候，也是各种不安定因素的集中爆发时期，巡视组和省委的意见是，各个地方既要保护好群众生命财产安全，又要在省厅的统一调配下，抽出精干力量配合好巡视组的工作，具体细节请蔡厅长安排。我受巡视组领导委托，第一，问候一下大家，我们在即将到来的春节期间很辛苦，不能好好休息，任务会更加艰巨；第二，也想再重申一下工作纪律，无论工作中涉及哪位同志，党性不能丢，责任不能卸，齐心协力把临江的工作做好，向省委、中央交一份满意的答卷。"简单的几句话说完，魏自明和省委办公厅负责同志就走了，蔡畅看着眼前的公安局长们："话不多说，尽职尽责。散会。"

其他局长走了，但卫江和另外两名局长被留了下来。

把母亲送到家，吴晗就赶到了区里，正赶上会议刚刚准备开始，这次会议的主旨她是知道的，年底了，各项工作需要总结，更需要做好详细部署。最重要的是巡视组要来川南了，区委、区政府主要领导要逐个谈话，基层也要抽查单位和个人进行谈心，具体时间没有通知。

对于基层反映会议过多、影响工作精力的问题，川南区委、区政府是重视的，对非开不可的会议，能短则短；可开可不开的会议，尽量不开，以通知的形式告知一下即可，有时候，甚至在单位工作微信群里传达一下就行了。但今天这个会议，重要性就不必说了，基层也相当明白，尤其是年关快要到了，中央巡视组又要到区里来，说不定就要找到大家谈话谈心，这种情况下，不但要做好思想准备，而且全区的党员干部必须结合自己的工作实际，把基层的真实声音和需求反映上去。

话虽如此，但作为一个行政区的党委干部、政府干部，统一思想认识，提高政治站位还很是有必要的。所以说，区里开这次会议很及时，大家也都很积极。

针对基层工作千头万绪的状况，会议尽可能不耽误大家的宝贵时间，原本要开2个小时的会议，缩短到了1个小时，要求、任务明确以后，就散会了。

基层的同志走了，可区委、区政府主要班子成员需要坐下来仔细研究，原因很简单：问题需要面对，成绩也不能否定。这就需要统一口径，对问题不回避，对成绩不隐瞒。所以，主要领导坐在一起谈一谈、议一议，也是大家都能够做到心里有数，什么事情该讲就大胆地讲，什么事情需要斟酌就要留心尽量不说。

任何人活在这个世界上，都需要有精神支柱。一旦失去了精神支柱，人的心理就会产生微妙的变化。

从某种意义上讲，吴运合原本不缺精神支柱，而现在，让他感到失意的，是一个又一个精神支柱的不断坍塌。

家庭、事业、亲情、爱情、友情，这些能够激励人不辞辛苦的人生要件，如今，让吴运合彻底失望了。

家庭的破裂、母亲对自己的起诉和肖露露的突然离去，尤其是马玉对自己的捉弄，一系列事情的接连发生，唯独还有事业对自己有所支撑，而当一个人可怜得只剩下金钱的时候，再多的金钱也难抚慰一颗淌血的心了。

得意总会让人忘记自己是谁，失落却往往能够令人自省。我该怎么办？吴运合一个人坐在办公室里，他要静下心来，对自己走过的路和经历的事情要好好梳理梳理了。

"我带你飞，风温柔地吹……"自己想静却无法安静下来，吴运合的手机响了。吴运合很厌烦地看了一眼手机，还是不得已拿起了手机。

是省公安厅交警支队事故处理大队打过来的，让他马上去一趟，一是商定对肖露露家人的补偿；二是要了解公司的监控情况。

吴运合起身刚刚打开门，母亲舒嫚筠和郑志明已站在他办公室的门口。

看到母亲，吴运合下意识地向后退了一步。

"你这是——"郑志明问吴运合。

"刚刚接到电话，我得抓紧去一趟省里。"

"他忙，我们走！"舒嫚筠说着话就要转身离开，被郑志明一把拉住了："来都来了，进屋说吧。"

吴运合把两位长者请进屋，赶忙倒上茶水。

"运合，不管你有什么急事，就耽误你几分钟时间，你妈妈是我好说歹说才劝来的。"

"好的，郑叔。"

吴运合看了一眼母亲，很显然，舒嫚筠一脸的怒容。

"妈，儿子让您生气了。我确实不应该让您亲自来。"

"你长本事了，你眼里哪里还有你这个妈啊！"舒嫚筠把吴运合递过来的茶水放在茶几上。

"说说吧，什么事情这么着急，你要去省里干吗？"郑志明看着吴运合。

"是这样的，郑叔。省公安厅要求我去一趟和肖露露家人商量补偿的事情。另外，省厅事故处理大队让我去，他们要了解公司的监控为什么没有正常运行的情况。"

"这样啊，那你还真得马上赶过去，不能耽误，你要快去快回！"

听到吴运合这样说，舒嫚筠脸色好看多了，毕竟是母亲，尽管儿子让她很生气，而省公安厅找他也是有要紧事："听你郑叔的，抓紧去吧，我们等着你。"

听母亲这样说，吴运合的心头一热，眼泪在眼眶里转了几圈，自己实在太亏欠母亲了，而母亲对自己的爱始终没有改变。

这个世界上，父母对儿女都是无私地给予，即使儿女不知报恩，他们也无怨无悔。

吴运合喊来张大虎，让他好好陪一下两位长辈，自己则匆匆去了省城。

"你说什么？再重复一遍！"蔡畅接到卫江的电话，几乎是在大声地喊。

"厅长，娄鸿波出事了！"

"娄鸿波怎么会出事啊？不是让你们一直在盯着他吗？"

"一辆拉渣土的车把他给撞了，已经被120拉进了医院，我现在正在去往医院的路上。"

"怎么会出现这样的事情？哪家医院？我也马上赶过去。"

"省人民医院。"蔡畅感觉到卫江很急，就挂了电话，让司机马上备车去医院。

还没到医院，蔡畅的手机响了，是廖清辉打过来的："你得抓紧时间过来一趟，医院我已经安排自明过去了。"

蔡畅让司机掉转车头，直奔郊区。

让蔡畅没有想到的是，省委书记、省长都在廖清辉这儿。

看到蔡畅，省长先说话了："你们公安任务很重，不能掉以轻心，对巡视组的要求不能打一点折扣，切实要担负起维护临江安全的责任。"

蔡畅点头说记住了。省委书记看了一眼廖清辉，两个人相互点了点头，便对蔡畅说："从肖露露坠江，到娄鸿波被撞，才短短几天的时间，这绝对不是什么巧合，这就需要你们组织精干力量做深入细致的研判和侦破，要把翔实证据梳理出来。尤其是肖露露，据说不少有价值的线索你们已经掌握，要尽快形成证据链，及时与巡视组对接。另外，对于撞娄鸿波的这个渣土车司机，要对其背景进行详细调查，无论工作中遇到什么困难和阻力，随时找省长和我，要力争在春节前，把案子结了。"

"请书记和省长放心，我们会尽快把案情查个水落石出，给受害者家人一个交代。"蔡畅说。

"蔡厅长，是这样……"廖清辉刚准备说话，电话响了。接完电话，廖清辉脸色很严峻，目前，我们面临的情况不容乐观，自明刚刚从医院传来消息，娄鸿波抢救失败。看来，我们的对手确实很强，不能有一点疏忽和大意啊。"

"请领导们放心，再狡猾的狐狸，也是斗不过猎手的。请领导等候好消息吧。"蔡畅说完就要转身离开，被廖清辉喊住了："心急吃不了热豆腐。蔡厅长，谈谈你的想法吧。"

个体的人不是孤立的，需要生活和工作，就必然会从自然人转化为社会人。所以，由于分工与角色的不同，人就不可能绝对地平等了。

在同一屋檐下，人之差异就显而易见，这就有了权力衍生的土壤。但说到权力，这应该是一种责任，用得好，仕途通达；用不好，就成了一种无形的枷锁。

马疉褶应该是善于使用权力的人，而且用起来得心应手。很多时候，为人处世也会成为一个人固化的思维模式，几十年都过来了，也已经成了自己仕途的遵循，突然要改变，确实很难。

应该说，马疉褶是一个很努力的人，从上学到从政，他也是一步一步干出来的，能够走到今天的位置，付出的确实不少。人就是个矛盾体，失去的东西如果未来有了条件，是想再弥补回来的。仔细想想，人活着究竟为了什么，马疉褶不是不知道，但权力这东西就是神奇，神奇得让他有时候也有些迷茫。

这段时间一直在京城，正是权力使然，临江发生的事情，他是清楚的，甚至可以说，都在他的掌控之中。

现在的临江，不会风平浪静，要动用一下资源，尤其是运用舆论，让四面八方的风，都吹吹如今并不平静的临江。要不然，他就不是马疉褶了。

对于《江城都市报》而言，临江银行是他们的广告大客户，接到马玉的电话，报社把采访奔驰车坠江和渣土车撞人事件的深度报道，交给了新闻部的资深记者鲁为民。

出于多年从事新闻工作的职业习惯，鲁为民隐隐感觉到事情绝对没有那么简单。只几天时间坠江、撞人事故接连发生，这看似简单的事故，在巡视组来临江后发生，这肯定并不是什么巧合。好端端的奔驰能够开到江里，一辆大白天拉渣土的车辆，居然把一个活生生人撞死，而且奔驰车的主人安然无恙，渣土车司机又是一个老司机，这两件事情有没有内在的必然联系？在没有充分调查之前，是不能妄下结论的。那么，从哪里入手，才能还原事实真相呢？当然，这离不开交通警察对事故的认定。于是，到省交警支队事故处理大队采访是首选。

让鲁为民感到意外的是，他的采访还没有完全展开，自媒体铺天盖地的新闻就炸了锅，五花八门，说什么的都有。说什么奔驰车刹车失灵的、开车美女疲劳驾驶的、美女借私企老板的车私会的，要报废的渣土车还上路的、老司机在城区车速太快的、行人闯红灯的、交通标线不清楚混乱的，等等。鲁为民仔细梳理了一下，自媒体所有的新闻，风向都很明确，那就是事故中的遇害者要么该死，要么是客观原因造成的。

在这个信息大爆炸的时代，当融媒体对传统媒体造成极大冲击时，人们获取信息的渠道确实多了，人人都可以是不拿准入资格的官方记者证的"记者"，但责任心呢？难道就只是为了获取那可怜的点击率，就要抛弃记者的职业道德吗？

不能，绝对不能，这是记者这个职业要守住的最起码的道德底线。过去，记者被人们尊称为"无冕之王"，这是一种尊重，一种信任，更是一种期待。曾几何时，由于某些媒体和记者为了片面追求经济效益，却忽视了社会效益，结果导致记者这一受人尊重的职业被人质疑。

想到自己是资深的媒体人，鲁为民暗下决心，在没有弄清事情真相之前，决不轻易动笔，他要坚守在传统媒体的这方净土上。

吴运合怎么也不会想到，原本以为自己就是到省公安厅交警支队事故大队配合事故调查的，不料却被一大群记者围住了。

面对眼前的长枪短炮，他真不知道自己该怎么说，好在事故处理大队的警察帮他解了围，他才意识到母亲还在办公室等他。他赶忙给张大虎打电话，让其转告母亲和郑叔叔，自己一时半会儿真的回不去，只能抽时间亲自去和两位老人解释。

吴运合知道，听到张大虎这样转述，母亲一定又会很生气，但他又有什么办法知道，自己什么时候才能回山川呢？

无意间，吴运合在逡巡眼前一大帮记者的时候，看到了鲁为民，虽说这是在省城，但由于马玉的关系，他与鲁为民还是有过一面之交的。要知道，吴运合天生的好记性，鲁为民是省城出了名的大记者，也是一个让吴运合很敬佩的人。

这个时候，鲁为民当然也看到了吴运合，对鲁为民而言，吴运合是坠江奔驰车的车主，对新闻的敏感直接让他走了过来："吴董，真想不到在这儿见到你。"说着，鲁为民递上了自己的名片："希望能与吴董聊聊。"吴运合接过名片，讪笑了一下，点了点头:"你知道,我是过来配合调查和商谈补偿的,可能需要很长时间。"

"没关系,吴董,我在外边等你。"鲁为民看了一眼那些围着警察问七问八的记者,其中有不少他认识的,也有不少新面孔,包括自媒体的同行。然后,自己径直走了出去。

知子莫若父,知母莫如子。听到张大虎的转述,舒嫚筠一下子就火了:"看看,我说不行吧?你非要在这里等他不可,咋样,回不来了吧?"

郑志明看着舒嫚筠,笑了:"这么大岁数的人了,咋还是火暴脾气呢?"

"这种情况,你不生气啊?"

"生气,肯定生气!"郑志明笑着对舒嫚筠说,"孩子们大了,都有自己的事情要做,回不来也一定有回不来的道理,做父母的,咱不心疼孩子,还会有谁心疼啊。"

"说的也是,可运合总是不着调儿啊,净让我们这些老人跟在他的屁股后边转圈。"

"转就转呗,还能转多少个圈呢?"

"唉,你们男人啊,不懂女人心啊!"

"咋会不懂?孩子们不懂,我懂!你这当妈的全是为孩子着想,他们早晚也会明白的。"

"明白?等他吴运合明白了,什么都晚了,我也进棺材了。"

"不能这么说的，你原来不总是夸运合优秀吗。"

"那是以前，现在这小子昏了头了！"

"走吧，咱回家吧？"

"不回？难道还要等他到猴年马月啊！"

张大虎说："二老消消气，我送你们吧。"

郑志明向张大虎眨巴眨巴眼睛："你忙吧，很多事情还等着你去处理呢，就不麻烦你了，我们走走，活动活动。"

人有时候是需要低调的，但这对于高调已成习惯的人来说，是一件很难受的事情。现在的马玉，就处在这样的氛围中。

自打肖露露出事，马玉就很少再出现在公众场合了。这倒不仅仅是因为她愧疚，仔细想想，事情发生得让她也多少有些心惊肉跳。即便是有再大的深仇大恨，也不至于要了人命。何况，肖露露还是吴运合的得力助手。

多少次，她想给吴运合打个电话，但每次打开手机，看着那个熟悉的名字，她都没有勇气把电话拨出去，因为，她不知道吴运合身处哪里，也不知道他正在做什么。

有人说，人生就像是一个口袋，装满的时候是不能再装的，如果勉强再装，口袋是会漏的。扪心自问，马玉属于那个口袋已经装得很满的人，可究竟为什么，自己怎么就不知足呢？至于父亲马霽褶，马玉从小就不敢违抗，因为父亲太威严了，那种威严是让她无法悖逆的。

但是现在，马玉感觉父亲出手太狠辣了。早知道会发生这样的后果，她是不会去约吴运合到临江来的。如果吴运合不和她一起出来，肖露露就不会死。事情毕竟已经这样了，她在内心深处倒是有点心疼吴运合了。

　　这么多年与吴运合的交往，马玉心里明白，吴运合只是一个商人，一个根本不知道官场水深水浅的人。他有情有义，没有城府，在所有与马玉接触的男人中，吴运合是最可靠的，也是最值得她信任的人。

　　说到感情，在马玉的心里，虽然她有刘艺辉这个丈夫，而且也有女儿刘筱媛，可孩子在国外读书，刘艺辉充其量也只是她名义上的男人，她的心早已给了吴运合了。自打梁蕙茹与吴运合离婚后，要不是碍于父亲的威望，怕父亲难堪，马玉早就和刘艺辉分手了。

　　在马玉的眼里，婚姻是两情相悦，是白头偕老。可自己的婚姻不是，是父亲强扭的瓜。这个世界上，又有多少婚姻不是同床异梦？强颜欢笑的背后，又有多少不为人知的痛苦。

　　马玉后悔自己强势地把吴运合牵扯进来，她真的很后悔，是不是真的爱一个人，就会让这个人在爱的甜蜜里迷失了自我，或者是让其痛苦？马玉陷入了自责。可就是在马玉很难受的时候，远在北京的父亲，却让她动用资源进行舆论干预。

　　舆论不就是一种导向吗？凭她马玉的能力，这确实不是什么难事，自媒体好使唤，可传统媒体就很难说了。况且，舆论这个看似意识形态的东西，也是有原则的，凭父亲一己之力能行吗？

接到吴运合的电话，鲁为民说："吴董，我一直在外边等着您呢。"

这句话让吴运合很感动，近两个小时，天都要黑了，鲁为民还在等着自己，内心深处，他佩服这样执着的人。

人都是这样，心如果近了，就能够推心置腹了。

走出大门，看着天色已晚，吴运合就很客气地说："知道你要采访我，是你找地方，还是我找？"

"这话就说远了，吴董，当然以您为主。"

"这省城里，也没有什么比较安静的地方，去我公司怎样？"

"可以。吴董说去哪里，咱就去哪里。"

"你是怎么过来的？"

"坐公交，习惯了，绿色出行啊。"

"那你坐我车吧，咱俩去山川。"

两人上车，启动，吴运合的轿跑就向山川驰去。

看着灯光燃亮渐黑的天幕，霓虹的七彩魔幻出城市的另一副面孔。鲁为民便打趣儿地说："城市和人一样，白天就那么赤裸裸地暴露在阳光之下，黑暗里的那点隐私，又被这明亮的灯火全盘托了出来，城市也是很无奈啊。"

"佩服你们文人，观察事物就是细致，说得有哲理，也很有意思。"吴运合笑了笑，算是对鲁为民的回答。

实际上，鲁为民想对吴运合说的是：吴董，你的越野奔驰被开进了江里，但轿跑依然在路上，我真羡慕你们这种企业家的大气。但他觉得如果这样说的话，显然很不合适，就干脆打趣儿活跃一下气氛。

很快，轿跑就进了腾达公司，两人停车、上楼、畅谈，几乎都忘了晚饭的事情。

直到凌晨，当吴运合感到自己饥肠辘辘的时候，才突然一拍脑袋，不好意思地说："真是慢待，居然没有招待你用餐。"

鲁为民笑着说："吴董，您客气了，我要谢谢你的信任，忍受着饥饿接受了我这么长时间的采访，至于吃的，只要能对付一口就行了。"两个人这才打开冰箱，简单做了一点吃的。

这一夜，鲁为民收获颇丰，他要仔细甄别和梳理素材，要对得起吴运合对自己的推心置腹，更要向公众告知奔驰为什么会坠江的真相。

"两起事故的结论，基本梳理出来了。"在省委的小会议室，蔡畅正在汇报，"奔驰车坠江，车辆刹车被人做了手脚；渣土车撞击娄鸿波也很可能有幕后人在指使。两个看似不相关的案子，有充分证据显示，有着内在联系。"

廖清辉一边听，一边认真做着记录，并不时抬眼看身边正皱着眉头思考的省委书记。

"能不能汇报得再详细一点？再具体一些。"省长发话了。

"好的。"蔡畅说，"那我就把情况给各位领导讲得再仔细一点。坠江的奔驰车是原装进口的 G 系，一般而言，这款车的安全系数是极高的，刹车系统一般不会出现失灵问题。目前，通过对车辆综合勘验，刹车确实存在问题。这是因为一辆车的刹车系统，基本结构是刹车踏板、真空倍力器、刹车总泵、刹车油管、刹车卡钳和刹车碟盘，其中任何一个部位出现问题都可能导致刹车失灵，而这辆坠江的奔驰车刹车系统不但油管漏油，而且刹车碟盘也有机油的痕迹。经询问车主，车辆是刚刚保养过的，停在公司一直没有人动用过。也就是说，对这辆车做手脚的人，有着不达目的誓不罢休的决心，就是一定要置驾驶者于死地，是下了狠心的。另外，据渣土车司机交代，不久前，其妻子患病住进医院，家里正在多方筹钱为其妻子治病，事发的头天晚上，有一个陌生人找到了他的家里，塞给他 6 万元现金，要求他用渣土车撞死娄鸿波。"

"怎么会有这样的事情！"省长一拍桌子站了起来，"那个陌生人找到了没有？"

"现在还没有，正在调查取证中。"

"廖组长，你有什么要说的？"省委书记看向廖清辉。

"开门复动竹，疑是故人来。"廖清辉示意蔡畅坐下，然后喝了一口茶水，"这就说明一个问题，我们的工作已经起效，幕后的人坐不住了。想利用车祸来转移我们的视线，好让自己苟延残喘，越是这样，我们就越要加快侦破速度，把幕后的这个高人给找出来。"

"是的，只有这样，我们工作才有针对性。当前我们在明处，每走一步，对方都很清楚，但他们在干什么，我们并不知道，不过有一点很明白，除了欲盖弥彰，很可能还会狗急跳墙。所以，你们公安系统要抽调精干力量，与巡视组密切沟通，尽早把人找出来。工作中，不管需要哪个部门协调合作，就尽管说，省委会给你们最大支持。"省委书记对蔡畅说。

"对，找人！"省长又拍了一下桌子。

最近几天，《江城都市报》突然火了，一时间洛阳纸贵，供不应求。鲁为民连续发的《奔驰车坠江背后》《撞人的渣土车司机有话要说》两篇报道，成了百姓街谈巷议的话题。

其实，探求事物真相，是普通老百姓最关注的。尊重事实，敢于说真话，也是媒体赖以生存的基础。只要你不藏着掖着，实事求是地把新闻实事讲出来，群众是欢迎支持的，套话、假话和无病呻吟，甚至你好我好大家好的隔靴搔痒，谁都很厌烦，也违背了新闻真实性的初衷。

在鲁为民看来，喜爱是最好的老师，干一行，就要对得起一行，不能随波逐流，人云亦云，当一天和尚撞一天钟地混日子。这也是作为资深媒体人的鲁为民一直没有转行的最主要原因。

按说，自己写的报道在报纸上发表了，也引起了老百姓的高度关注，本来是件很开心的事情，鲁为民却高兴不起来，因为连续几天晚上，他家的窗玻璃都招来了砖头石块的袭击，吓得家人都无法安心睡觉。

没有报警的鲁为民，怒火中烧，他写了一篇《我家窗前石块飞》，算是对两篇报道社会反响的后续，报社领导也很支持，就刊发在《江城都市报》上。这篇报道一出来，就立即引起了公安部门的高度重视，每晚都会有警车在他家附近巡逻和停靠，鲁为民和家人总算放心了。

吴运合走进院子的时候，郑志明根本没有察觉，他正捧着报纸，边看边揣摩鲁为民《奔驰车坠江背后》的文章，他在鲁为民实事求是地还原的事故真相而沉思。

吴运合不声不响在对面坐下，看着郑志明很认真地阅读报纸。几分钟后，突然抬头发现眼前坐着的吴运合，郑志明吓了一跳："运合，你什么时候来的？"

"刚到，郑叔，我见您看报那么认真，没敢打扰。"

"你这孩子，我要是有个心脏病啥的，不就麻烦了？"

"没那么严重，郑叔身体健康着呢。何况我又不是什么妖魔鬼怪，没那么可怕。"

"哈哈，你这孩子还挺会说话嘛。来来来，你看看，这是对你的采访，真实吗？"

"真实。我已经看到了。"

"对于新闻而言，真实是新闻的生命。这个鲁为民有胆识，是个好记者。"

"可我听说，这篇新闻稿件也给他惹了不少麻烦。"

"咋了？怎么回事？说来听听。"

"他家的窗户玻璃被人砸了。"

"卑鄙，什么年代了，还来这一套。他报警了吗？"

"没有。"

"他为什么不求助警察？"

"人与人不一样呗，郑叔。鲁为民什么事情没有经历过？他有自己的办法，写了一篇文章反击了这种小人的作为。"

"聪明！这个鲁为民确实聪明，他是想利用自己作为记者的身份，告知那些不识时务的人，他即使不主动报警，也可以轻松地对付他们，何况还有最后一步，如果警察真的介入，这些人是知道结果会更严重。好了，不说他了，说说你来我这儿有什么事吧。"

"郑叔，这你还问？"吴运合有些不好意思了。

"知道，你与你妈确实有误会，但老人也是一片好心。"

"可怜天下父母心，这点道理我懂。"

"运合啊，从这篇新闻报道里，我已经看到了你还是过去的那个你，但有些事情是仁者见仁，智者见智。我早就想找你好好聊聊了，你总忙，今天啊，咱爷俩就好好谈谈。"

"是的，郑叔，这也是我今天来找你的主要原因。"

琵琶师在九重城，忽得书来喜且惊。正当临江省的公安厅组织精干力量，抓紧调查和研判奔驰车坠江与渣土车撞人的时候，公安部对临江发来一条振奋人心的好消息：迫于巨大的心理压力，在国际刑警组织的配合下，临江的外逃通缉人员娄鸿涛要回来自首了。

随着我国"有逃必追，一追到底"，对犯错人员迷途知返，主动向组织交代的惩治腐败高压态势的强大震慑，越来越多心存侥幸的外逃人员，在惶惶不可终日的逃亡生活里，逐渐放弃幻想纷纷回国投案。

这条消息，无疑提振了所有临江干警争分夺秒侦破案件的信心。根据公安部的要求，对娄鸿涛的接机工作必须秘密进行，而且要异地接机，地点定在某国际机场，飞机上还有一个目前不方便透露任何信息的神秘人物。

考虑到娄鸿涛曾经是省司法厅的监狱长，临江省委经过认真研究，决定把接机的任务压在山川市公安局局长卫江的肩上。

"这次任务异常艰巨，对临江无疑是一次大考验，对中央巡视组彻底查清临江问题，也是一次良机。具体行动，由省公安厅蔡畅同志牵头组织，不允许出现一丁点儿的纰漏。"听着省委书记的嘱咐，卫江暗暗握紧了拳头。

"接机统一着便装，所有手续省里协调，完成人员交接后，娄鸿涛直接押往山川突审，同机的另外一个人需要严加保护，由蔡畅负责亲自送往巡视组所住的宾馆，交给廖清辉组长。在没有完成此次任务之前，不要走漏任何风声，要加快侦破案件，及时与省委和巡视组沟通，期待你们早日侦破案件的好消息。"省长也在给大家加油鼓劲。

世事无常，有时候看似复杂的事情，突然就会变得那么简单了。而这对于处在舆论旋涡中的临江公安厅来说，是拨开乌云的时候了。

　　心有灵犀一点通。舒嫚筠正打算锁上房门去见郑志明，郑志明的 QQ 小轿车就停在了她家的门口。

　　"你这是要去哪儿啊？"

　　"我还能去哪儿？打算去找你这个'诸葛亮'呗。"

　　"我这不是来了嘛？"

　　"真羡慕你们会开车的，想去哪里，开车就走。哪像我，还得去挤公交车。"

　　"告诉一下运仓，让他给你买一辆代步车，咋样？"

　　"哈哈，不用了，这辈子开车的事情不说了。"

　　说着话，舒嫚筠把准备上锁的院门推开："进屋吧。"

　　郑志明拎着茶杯跟随舒嫚筠走进院子："这农村的空气啊真是清新，咱就坐院子里吧。"

　　"那是，你可别以为城市比农村好，现在的农村不比城市差，好多城里人都已经在农村建房了，准备回乡村养老呢。我们这儿车少人少，空气好吧。"

　　"确实，城市与乡村各有优势，扶贫政策和环境污染整治，让乡村振兴实实在在落到了实处，农村的变化翻天覆地啊。"

　　"来，我把茶叶给你换了吧。"

　　"不用不用，我来时刚泡的，现在喝正好。坐吧，咱们好好聊聊。"

"运合这孩子，不省心啊，我好几天都没有睡个好觉了。"

"他前天去我那儿了，我俩聊了很久。"

"他主动去找你的？"

"是的，这孩子没有你想得那么复杂，但问题也确实不少。"

"陷得深不深？"

"也不浅啊。"

"有多严重？"

"这要看他自己的态度了，我已经让他主动去相关部门交代自己的问题了。"

"他去没去？"

"应该是会去的，你这做母亲的也不要太折磨自己了，运合经历的事情不少，对事情的处理肯定有他自己的方法。创业不易，守业更难，他经手的事情严重到什么程度，我也和他推心置腹地做过剖析，他不糊涂，如何做，他会很清楚的。"

"他做了什么事情，伤天害理吗？"

"这倒不至于，说到底，还是生意场与官场相互搅和造成的。当初你和老哥不让他参与政治的想法很正确，可做生意的能与政治完全分开，那也很难做到。"

"可不可以告诉我，他究竟浑到什么程度？"

"有些事情，你还是不知道好些，一个成年人对自己所犯的错误勇敢地承担责任，也是常理，没必要涉及家人。但我可以告诉你的是，这个繁杂的社会中，如果什么事情都想着用金钱来解决，已经行不通了。而且一个很常识的问题是，在所有复杂的事物中，金钱能够轻易解决的事情，根本也称不上是事情！"

"种瓜得瓜，种豆得豆。但愿这孩子能把自己所有的问题，向政府交代清楚。"舒嫚筠看着郑志明，心里依然是七上八下。

吴运合没有让郑志明失望，和郑志明见面后，他就直接去了相关部门。当他一五一十地向山川市纪委交代完自己的问题，感觉长久以来从未有过的轻松，自己心情也好了许多。由于他要去省里和肖露露家人商谈赔偿的最后事宜，纪委工作人员告诉他，手机要24小时保持畅通，等待问题的查证和落实。

在省公安厅的事故处理大队，吴运合感到很意外，肖露露的家人并没有提出任何过分的要求，更让吴运合刮目相看的是，肖露露家人的大度与朴素。当着省公安厅事故处理大队调解人员的面，当他给肖露露的那张银行卡，被肖露露家人重新又递到他手里的时候，吴运合的内心有一种难以名状的疼痛。

"吴董，谢谢您对我们家露露的关照。据公安厅的同志介绍，这是露露在日记里再三提到的银行卡，我们虽然是山村农民，我们也懂道理，属于我们的东西，我们不会推让，不属于我们的，我们也坚决不要。"

"你们就拿着吧，也算是我的一点心意。"

"心意我们受领了，但银行卡还是物归原主吧。"

那一刻，当肖露露的家人离开，吴运合突然意识到，自己简直就渺小得再也不能渺小了。金钱是什么东西，与这些善良的农村人比较起来，自己还有什么值得骄傲的。

"我带你飞，风温柔地吹……"正当吴运合深深自责的时候，他的手机响了。

"你在哪里？我有很重要的事情找你。"是马玉，听到这熟悉的声音，吴运合不知道自己究竟该答应，还是应该拒绝。

"你怎么不说话？我真的找你有急事。"

"我在省公安厅处理露露的事情。"

"处理好没？麻烦吗？"

"还没有。"吴运合第一次对马玉撒了谎，原来撒谎是这样难受。

"我也帮不上你什么忙，我等你吧，处理完了抓紧来我家一趟。"

"好吧。"吴运合鬼使神差地居然答应了。这个时候，要是有一面镜子，吴运合肯定会看到自己脸红的。他现在确实没什么事情，他也真的不想去见马玉，可为什么自己就偏偏答应了呢？

事无巨细，按照公安部的要求，临江省的三路人马统一着便装，驾驶着没有警灯的社会车辆，等候在机场的出口。

在省委的统一协调下，当航班落地，三路人马在机场工作

153

人员的引领下，分头开始行动，省委接待人员、蔡畅和卫江依照分工进入机场。

很快，各自接到人后，一路去往省委，一路直奔巡视组驻地，一路奔向山川。

当然，负责接待押送娄鸿涛回国人员和交接娄鸿涛的两路，不必多做介绍，蔡畅负责的这一路就不能不费点笔墨了。

究竟是什么人回国如此神秘？其实也没有那么复杂，蔡畅接机的是与娄鸿涛同机的一个女孩，她就是刘筱媛，是刘艺辉和马玉的千金。

刘筱媛为什么要回国，最关键的原因就是她的绿卡需要延期，而国外对她尚未成人，在没有监护人监护的情况下，对她的绿卡拒绝了延期签证。要知道，当初办绿卡，马玉托付的是娄鸿波，心存小算盘的娄鸿波只是给刘筱媛办了临时绿卡。谁知，哥哥的变故让娄鸿波倾家荡产，妻离子散，回国为哥哥讨说法又命赴黄泉，刘筱媛在国外自然就没有监护人了。而躲在娄鸿波处的娄鸿涛生活已经无着落，只有回国自首这一条路了，说来也是巧合，正赶上放寒假的刘筱媛，在万不得已的情况下，经不住娄鸿涛的再三劝说，怀着给家人一个惊喜的想法，刘筱媛答应与他一同回国了。

大人的心思，孩子怎么能够知道？孩子是无辜的。正是考虑到这一点，公安部和临江省委协商后，出于对孩子的保护以及不走漏风声，才特意做了如此安排。

车辆驶入郊区宾馆，魏自明早就已经等在那儿了，走下车的刘筱媛有点惊讶："叔叔，这是哪里？"

"没事，孩子，有些事情需要你配合一下，我们暂时安排你住在这里。"蔡畅说。

当刘筱媛被单独安排住进一个房间时，懵懂、迷惑的她，在魏自明随后的谈话中，她似乎也明白了，大人们之间有事，自己也就不再焦躁不安了。

屋漏偏遇连阴雨。应马玉之约，当吴运合匆匆赶到马玉住处，马玉确实让他吃了一惊：第一，马玉把她与刘艺辉协议离婚的协议书，递到了他的手上；第二，马玉告诉他，她怀孕了。

按说，这第一件事情，与吴运合联系不大，可这第二件事情，马玉说孩子是吴运合的。

自作孽，不可活。吴运合大致算了一下时间，很可能就是肖露露出事的头天晚上。那天晚上，马玉精心营造了她生日的氛围，酒精又主宰了他和马玉，在糊涂和荒唐中，为两人的疯狂埋下了祸根。

"把孩子流了吧。"

"为什么？"

"你觉得合适？"

"有什么合适不合适的？"

"你考虑过你当前的身份了吗？"

这句话，大概是戳到了马玉的痛处，她不语了。是啊，和刘艺辉离婚只是她单方面拟了个协议，还没有告诉刘艺辉呢。

说到离婚，这倒不是什么丢人现眼的事情。可如果说到怀孕，自己又怎么与人解释呢？尤其是对一向严厉的父亲。就情感来说，马玉是真心实意喜欢吴运合的，但吴运合不是自己合法的丈夫啊。与其说她约吴运合见面，是想告诉他自己打算和刘艺辉离婚，倒不如说是她是想借自己怀孕这件事情，来试探试探吴运合的真实反应。

吴运合呢？虽然说他是一个没有城府的人，但在他看来，有些人只见一次，很可能就会成为一生甘苦与共的朋友；也有一些人，即使相当熟稔，甚至朝朝暮暮相处，也是面和心不和，无法交心的。对于马玉，他确实心中有愧，但自从他走出山川市的纪委办公室，吴运合心里就萌生了要找回自己企业舵手的坚定信心。

为什么？被人利用的时候，不知道和知道是两种根本不同的心态。不知道就会死心塌地；知道了，自然就会心理逆反。譬如娄鸿波，从娄鸿波主动找他并和他畅谈后，吴运合就很同情和佩服娄鸿波。同情是因为他哥哥让其失去了本来属于娄鸿波宁静的生活；佩服是因为娄鸿波敢于在他乡白手起家，拥有自己很不错的事业。虽然他至今还不清楚娄鸿波为何被撞身亡，但凭他对事情的判断，肯定不会是意外那么简单的事，至于背后的原因，警察自会查清。因此，他很信任那个鲁为民，敢说真话，这样的记者是在真心实意为民请命。再说，从小受父母的教育，吴运合知道善与恶什么该做，什么不该做。只是一个在商海里打拼的人，就像常在河边走，哪有不湿鞋的。所以，在内心深处，吴运合非常憎恶那些躲在暗处的小人，有什么过不去的坎儿，要这么恶毒地去扼杀一个鲜活的生命。

"那你陪我去医院吧。"

"好，这样的话，我一定陪你。"吴运合不是一个不负责任的人，这一点，即使自己再忙，他也会义不容辞地陪着马玉去医院的。

"这还差不多。"马玉笑了。

一个外逃通缉人员，能够回国自首，那也是被逼上绝路。

卫江对娄鸿涛的审讯异常顺利，娄鸿涛几乎是知无不言地滔滔不绝，让参与审讯的工作人员都很欣慰，人为什么非得给自己挖坑掉下去之后，才会醒悟过来，再艰难地向坑外求助呢。

毫无保留地坦白，点点滴滴的过往，让卫江既吃惊又兴奋，娄鸿涛交代的不少问题，有些是在意料之中，却也有很多事情在意料之外。譬如，当娄鸿涛几乎是含着泪水，诉说着自己因为外逃，导致弟弟娄鸿波妻离子散和事业尽毁时，他几次哽咽。而当他讲述到弟弟娄鸿波只身回国为自己讨说法的时候，卫江也突然对娄鸿波起了敬佩之心，多么仗义的娄鸿波，可他回国后，却不是通过组织去解决问题，单靠自己的一己之力和看不见的对手较量，结果白白搭上了性命，这一点也确实有些惋惜。

人，怎么会有那么多的欲望？原本是服务民众的权力，又为什么会蜕变成某些人实现个人贪婪之欲的途径？但无论如何，让所有人相信的是，这个世界上，不管有多少个自以为聪明的赵高，瞒天过海和指鹿为马，只能是一时，而不会是一世，正义可能会迟到，却永远不会缺席。

对娄鸿涛的突审，确实收获不小。娄鸿涛没有任何隐瞒地和盘端出，让卫江感到很多迷惑不解的事情逐渐明晰起来，他佩服省委省政府和省厅的特意安排，让很多重要线索像雾霾散去一样，一目了然。特别是娄鸿涛提到的一个人，就在山川，卫江接触过并不陌生，但这个人的情况，需要做更细致的调查，以免打草惊蛇给全局造成被动。所以，按照部署安排，卫江不仅要加快取证速度，而且也要不能走漏任何风声。这个关键人物，是娄鸿涛第一次提起的，但一直没有进入公安部门的视线，鉴于他处的位置，卫江打算要找一个与他熟识的人进行一次求证。

在吴运合的授意下，张大虎把一封信交给了正在公司忙碌的梁蕙茹。

俗话说，一日夫妻百日恩。看到那熟悉的字迹，梁蕙茹知道是吴运合写给她的，这个时候，吴运合不是选择亲自来，却托付张大虎带信给她，梁蕙茹潜意识里就感到出事了。于是，她安排好正在备货、出货的人员，自己匆匆走进办公室，锁上房门，把信笺打开。

蕙茹：

请允许我这样称呼你。

自从你嫁到我们吴家，我知道很亏欠你，尤其是在咱们有了孩子之后，事业上的奔波，我几乎每天都很少回家，家庭的担子都压在你一个人的肩上，这一点，我很清楚。可我是个男人，既然选择了干事业这条路，就没有理由回头。

从内心来说，家庭是我的港湾，每当我失意疲倦时，那是我歇息的地方，我们没有离婚之前，非常感谢你的安慰与理解，很多次，在你的鼓励下，我一次次咬牙站起。

无论怎样，你我曾经是夫妻，你对我的好，我深深记在心里。

有一点，请你相信，我走过的路，真的不后悔，心中对不起的是母亲、你和孩子。生意场你是清楚的，毕竟你也在做对外贸易，个中的苦累没有任何必要告诉他人，能够坚持下来，实属不易。

对于每一个人，生容易，活容易，生活，却是不容易。还记得我动用你的储蓄卡的事情吗？我能够感觉到你的不情愿，因为你是在为孩子考虑，可作为孩子的父亲，我又何尝不是？刚刚创业的时候，父母一再提醒我，不要涉足官场，你想想，如今能够把事业做得风生水起的，又有几个是和官场没有联系的！

母亲起诉我，我知道是在为我好。天下父母不会伤害自己的孩子，这一点，我坚信不疑。

我知道，自己走了一些不应该走的路，但就拿我们商人的诚信来讲，我问心无愧。利用或被利用是需要代价的，虽然在个别时候是违心的，不得已的事情真实地存在着。看看我们的身边，很多人相信风水，为什么，你想过原因吗？

有人说，社会就是一个大染缸。这句话，我原来还真的不信，现在我就在染缸里。我也试图想从这个染缸里爬出来，你可能想不到，你越是想爬出来，越是困难。有一点，我请你放心，只有经历过苦难的幸福，才是真正的幸福，这一点我深有体会，但任何一个人，无论你做过什么，都会留下痕迹的。为此，我已经把所有经历全部向有关部门交代得很清楚，等待组织上处理。

蕙茹，请你原谅我对你所有的不好，如果伤害了你，也请你谅解。给你写这封信就是在向你赎罪，你的储蓄卡也随信奉还，里边除了你原有的数额之外，我把自己这么多年全部的积蓄，分成了两份，一份较多的 400 万，给了你和孩子；另外的 200 万，我转入了母亲的储蓄卡。

我现在就像是一个做了错事的孩子，静静地等待着应有的惩罚。

保重，请照顾好欣欣。

吴运合即笔

一口气读完吴运合的信笺，梁蕙茹的眼眶湿润了。说实话，自从她被巡视组找过谈话之后，梁蕙茹那颗脆弱的心，就像压了一块巨大的石头，她隐忍着，独自承受着，工作与生活有条不紊，但她内心的痛苦是可想而知的。此时，吴运合的这封信，就如同打开了泄洪的闸门，梁蕙茹再也无法控制自己的情绪，泪水夺眶而出。

作为已经分手的夫妻，女儿欣欣是吴运合和梁蕙茹之间的一座桥梁。都说女人的心是柔软的，梁蕙茹没有什么不同，可如果说梁蕙茹不心疼吴运合，那也确实冤枉。生活中，哪个女人允许自己的丈夫，精神与肉体的出轨。再说了，梁蕙茹毕竟也身处职场，当风言风语灌入耳的时候，她的脸面怎么可以挂得住？协议离婚算作对吴运合的惩罚，而自己呢？也受到了伤害，尤其是女儿欣欣。

目前，吴运合是彻底对她打开心胸了，面对身处困境中的吴运合，梁蕙茹不知道自己应该怎么办了。

自从刘艺辉被留置省里以后，孙秘书的工作不仅没有因此而减轻，反而更忙碌了。他毕竟是市长的秘书，常务副市长很多事情都要找他，并要求他参与其中。个中缘由，孙秘书是清楚的，如今任何一个地方，一把手的工作思路一旦确定下来，副职们是轻易不能随便更改的。也许正是这样的原因，决策者如果失误，就像没有筑牢的堤坝，就很可能会出现无法修补的管涌。

在孙秘书的意识里，服务好领导是自己必须要做好的第一要务，工作中尽量不介入。可现在，常务副市长是赶旱鸭子下水，很多事情都要征求他的意见，他也确实有些为难。于是，对于常务副市长，他是能推则推，真要是推脱不了，也只是跟着走走看看、应付应付而已，尽量不发表个人意见。

刚刚接完常务副市长的电话，说是要让他一起去查看一个市里重点项目的建设进展情况，孙秘书的手机又响了："在办公室吗？"

孙秘书一听，是检察院一个很投缘的哥们："刚准备走，有事？"

"我已经到楼下了，找你有点事。"

"今天恐怕不行，我要陪领导去一下工地。"

"我知道，不就是查看重点工程进度嘛，领导们去督促督促，你去有什么用？"

"说的也是，可每次都要求我必须跟随。"

"我刚刚遇到副市长了，我说找你有点急事，他也没说你今天一定要去啊！"

"真的假的？"

"当然是真的了，等于我帮你请了假呗。"

"那挺好，要谢谢你了，上来吧。"

俩哥们儿一见面，甭提有多亲热了。在检察院这个哥们儿的眼里，孙秘书可是一个很有能耐的人。按照孙秘书自己的话说，整个山川，没有他想办而办不成的事情。孙秘书是谁，市长的跟班啊。

"说吧，找我有什么事情？"

"一点私事，你知道，如果是单位的公事，我也不会找你。"

"奇怪了，你们检察院还有办不成的事情？"

"基本上已经办成了，就是你嫂子在乡下，她很早就叨叨着想调回市里，我找了不少人，也跑了不少腿，现在就差市长签字了。"

"这么简单？"

"在你眼里简单，可对我们来说，就困难多了。"

"东西带来了？"

"既然过来找你帮忙，当然带着呢。"

"那就给我吧。"突然，孙秘书觉得自己的话说得有些过了，刘艺辉留置省里，现在是常务副市长主持市里工作，但这话他怎么对哥们说呢。

"那就先放我这儿吧，办好后我通知你。"

"谢谢，哥们儿就是哥们儿。"朋友高兴地离开了。

各种迹象表明，自己公司的监控确实出了问题。吴运合纳闷了，无论如何，公司有着严格的内部管理机制，外人是很难进入公司监控室的，而观光电梯的三把钥匙，攥在刘艺辉、马玉和他自己的手里，谁又有如此大的能耐，可以进入公司的关键位置，做出了这样的事情呢？难道真应了那句"螳螂捕蝉，黄雀在后"的古训？而这黄雀是谁？怎么时间点就把握得那么准确呢？

无论任何单位，是不容有内鬼的。像腾达这种很有名气的企业，更不允许有吃里爬外。为此，应省公安厅的要求，腾达对公司所有工作人员进行了并不张扬的梳理和排查，当然是把重点放在了监控室这个方向。

据安保部门反映，肖露露出事的前两天，安保部门为了保障春节期间的企业安全，是申请过对监控系统进行过一次彻底维修的，这个信息对内行人含金量是极高的，当吴运合把这个信息反馈给省公安厅的时候，技术人员迅速赶到了腾达公司，很快结论就出来了：停车场和出入公司的两个监控，被设置为自动录像的时间是每天早6点到晚上6点。也就是说，晚上6点到第二天早上的6点，这段时间内，监控是没有自动摄录运行的。

找到了问题的症结，解决起来就省事多了。当维修人员告诉吴运合，监控的摄录时间是保安让他特意设定的时候，又通过询问保安，几个保安几乎都承认，除了监控的摄录存储需要不断更新和想偷懒之外，再也没有继续追究下去的必要了。因为内鬼的问题根本不存在，但这个监控摄录时间设定的秘密，又是怎样流传出去的呢？好在，在省公安厅技术人员的提醒下，此路不通，还有其他方法，那就是整个大厦这么多租用单位，监控不少，是可以查出一些蛛丝马迹的。

吴运合真的没有少费劲，结果是失望的：超市、酒吧、宾馆，都是局限于自己内部的监管，整个外部大环境，他们把最大的信任，寄托给了腾达。

当依赖成为一种习惯，同在一个屋檐下，其实也存在着不安全因素。然而，当这种不安全涉及众人的时候，谁又应该为这种危机负责呢？这也许正是一个和尚有水吃的根本原因。

舒嫚筠已经很清楚，儿子吴运合如今的处境就如同一块烤肉，身不由己了。

做事与做人，道理是相通的，做人有问题，做事肯定也做不好。不听老人言，吃亏在眼前，儿子长本事了，自以为当了董事长，什么事情都可以随心所欲了，忘了当初创业的那份初心。

天下的儿女，有多少是真正能够体谅父母良苦用心的。生养、教育、工作、生活，哪一步不牵动着父母的心呢。当儿女翅膀硬了，可以单飞的时候，把父母的叮嘱当作耳边风，自我感觉良好，碰壁遇到挫折时，父母又成了出气筒，抱怨和悖逆让父母寒心；一旦有所成就，父母是什么，变成了奴仆，这不是，那不对，好似父母又是多余的人。

仔细想想，人是什么？赤条条在自己的啼哭中来到这个世界，最后，又在亲人的悲痛号啕里离开。在人生这趟单程列车上，喜过、悲过、哭过、骂过，又给这个世界留下了什么？

说一千道一万，无论是富贵，还是卑微，心态是一个人应对纷繁世事的一把利器，心态好，眼前的一切就温馨；心态不好，即使权高位重，每天也不会开心。

运合啊，是你的心态出现了问题，是你的欲望左右了你的言行，天上哪有无故掉下馅饼的好事，当你捧起那个馅饼的时候，眼前就是在等你的陷阱啊。

坐在老伴儿的墓前，舒嫚筠心里五味杂陈。"你是走了，什么事情也看不见了，你咋就那么自私啊？说好的要一起走的，你却把我一个人扔下了。现在，你、我，我们长了本事不听劝的儿子，他已经走在了非常危险的钢丝上，你倒好，不管不问了？你得给我出个主意啊，我应该怎么做啊！怎么做才能拉他回头啊？是，我是向法院起诉他了，是想让他清醒清醒。可总是见不到他人啊，法院也一再告诉我，要顾及和注意对他的影响，他是山川市的企业家啊。可你说说影响能管个啥用？他要是真出了事，我可怎么去向你交代啊？"

山坡上很静，挺拔的松柏在寒风里摇曳，就连正在觅食的几只小鸟也静静地注视着这位老人，像在聆听着舒嫚筠与另一个世界的老伴儿说话。

"哥们儿办事就是利索，确实让我很佩服。"拿着常务副市长签字后盖着山川市政府大红印章的调令，孙秘书检察院的朋友赞不绝口。

"区区小事，何必这么夸张啊。"孙秘书嘴上虽然谦虚，心里却很是得意。每个人应该都是这样，挨批评和受表扬的心态会完全不同。

"说说你的从政经历吧。"

"有啥可炫耀的，我就一个秘书而已。"

"秘书？你这秘书可不是一般的秘书，是在山川的核心哦。我好像还听你说起过，你咋能从京城到临江，又到山川，人都是往高处走，你咋逆行啊？到底是为什么啊？说说其中的原因吧。"

朋友的这句话，好像点到了孙秘书的痛点，他一下子沉默了。

自己为什么会与其他人有所不同，这要拜首长所赐了。刚开始，他也只不过是给首长当个司机，三年后，领导把他入编提职，都说司机是领导的心腹，这是他体会最深的。一步步走来，他从科员、科长，一直到首长安排他到临江当上副处长，又被马叠褶安排让他跟随刘艺辉当秘书，无论首长还是马叠褶，他们心里想什么，需要自己做什么，孙秘书都很清楚。但在孙秘书的心里，首长和马叠褶虽然相互有交际，首长还特意把马玉介绍给了刘艺辉，两个人却不是走在一条路上的。

对于仕途，孙秘书也是敬畏的。原本不想走的路，是首长把他一把就拽进来的，自由散漫的他，突然被套上了紧箍咒，孙秘书感到浑身都不自在。不自在归不自在，但需要干的事情还是要干好，因此，他总爱把自己比作汽车油箱里的那个油浮子，作用虽不大，但该做的事情，他一定会让首长和马叠褶满意的。

"唉，人啊，很多时候是身不由己的。"孙秘书突然的叹息让他检察院的朋友十分惊讶："这是怎么了？你难道还会有难处？"

喜欢垂钓的人应该都知道，发现有鱼的地方，为了能够使垂钓有所收获，就会提前打窝子。所以，很多事情在办理的过程中，道理也都差不多，没有掌握事情的真实情况，是不能轻易出手的。

通过检察院反馈回来的信息，卫江已经感觉到这个孙秘书确实能耐不小，几乎能够办一些其他人连想都不敢想的事情。这样的人，不是自己能力大，是背后有着参天的大树。鉴于巡视组再三提醒，没有十分的把握，实施行动是需要沉住气的。

实际上，仔细想想，工作中只要是我们能够做得很好的事情，大多缘于勤于思考。三思而行，绝对是正确的。

但关键在于，当你发现了一个解决问题的有效方法，偏偏又是大家都很头痛的问题，跃跃欲试的冲动就会自然地表露出来。因此，当卫江在向巡视组汇报完自己了解到的情况后，就很兴奋："是不是可以行动了？"

"行动？怎么行动？他背后的人你清楚了？他指使的人你找到了？腾达监控的问题你也弄清楚了？"当廖清辉用连问和惊异的目光看着卫江的时候，卫江也确实感到自己有些太急躁和莽撞了。

"同志们，我们的任务很艰巨，时间也很紧迫，问题在逐渐清晰之后，需要大家把所有的证据链完善、充实。记得我曾经说过，临江的问题涉及面大，牵涉到的人更不会少，各条线需要慎之又慎，切不可因为局部出现纰漏而影响了整个全局，大家要真正把这次行动当作一项政治任务出色地完成好，力争在春节之前收网。"廖清辉说。

在医院门口，吴运合等了很久，马玉才姗姗而来。

"有事情吗？来得这么晚，我们进去吧。"

"临时有点事，咱进去干什么？"

"你不是说已经怀上了吗？"

"我是骗你的！"

"唉，我是抽时间过来陪你的，这事你怎么也能开玩笑？"吴运合有些摸不着头脑了。其实，他哪里知道，聪明的马玉，怎么会让吴运合陪她去医院做人流手术呢。几天前，马玉已经自己处理了。

"我真有事需要马上回公司，这样的玩笑可不能再有了。"

马玉看着吴运合，笑着说："那你抓紧回公司吧，我也有事，需要去一下单位。"

"好吧，那你慢点儿，我走了。"看着吴运合离去，一滴眼泪从马玉眼眶溢出。

马玉怎么也不会想到，刚刚回到单位，自己就被请到了郊区宾馆，而且是厅长蔡畅亲自找的她。

和蔡畅是熟悉的，当穿着便装的蔡畅走进她办公室的时候，看见蔡畅严肃的态度，马玉着实有点吃惊："马行长，有人想见你，让我过来接你。"

"你这个大厅长，不是在和我开玩笑吧？"

"这怎么会是开玩笑呢，真的。"

马玉想笑，但没能笑出来。原因很简单，能让省公安厅厅长来请自己的人，绝对不是一般的人，更是不容拒绝的。

车在郊区宾馆门口停下的时候，马玉心里一沉：前不久，自己还约了吴运合来过此地，就在对面的那家饺子馆吃饺子呢。

下车，逡巡四周，非常安静，显然，这个背依长江的快捷宾馆，是被巡视组整体包下来了。两边的门卫，笔挺的站姿，标准的敬礼，明眼人一看就知道，那是穿着保安服装的现役军人。走进大厅，干净整洁，吧台里一字排开的六台电脑前，穿着正装的三男三女岔开而坐，正面带笑容分别接待着吧台外六张座椅上的人。不用说，马玉心里明白，这些人是来巡视组反映问题的，大厅两侧的座椅上，也坐着不少人，靠门口的一张桌子旁，也坐着一位，马玉扫了一眼，好像是省纪委的那个监察室的什么主任。整个大厅没有喧闹和人员走动，显得极为肃穆。

由于是被人请过来的，又是厅长蔡畅亲自带她过来，马玉不敢停步，两人进电梯迅速来到三楼，当蔡畅敲了门上有"小会议室"牌子的房门，里面传来"请进"的声音，马玉随蔡畅走进房间，圆桌的对面已经坐着两个人了，经过蔡畅的介绍，马玉知道了一位是巡视组组长廖清辉，另一位是组长助理魏自明。

随着蔡畅的转身离开，房间里显得出奇的宁静，马玉在魏自明的示意下坐下后，似乎能够听到自己的心跳声……

每一个人都喜欢自由，其实自由本身只是一种意识，或者说是一种心态。当我们珍视它的时候，它对每个人都是公平的，不分尊卑老幼；可一旦有人不把它当回事，其惩戒也是毫不留情面的，让人会付出惨痛的代价。也就是说，自由和法律法规是紧紧联系在一起的，人不触犯它，它就不会主动给人找麻烦。

失去自由才知道自由的珍贵，就如同和从没有吃过苦的人谈论什么是苦日子一样，蜜罐里是体会不出艰难的，纨绔子弟少伟男，这是不争的事实。

吴运合坐在办公室里，想着自己走过的路，有点黯然神伤。肖露露永远不会再出现在自己的面前了，多好的一个女孩，说没就没了，而肖露露有很多话要对自己说，她想说什么呢？扪心自问，他是愧对肖露露的，从某种意义上说，肖露露的离开，与自己有着必然的联系，是谁又这么残忍，对自己的车做了手脚呢。这人真的太可恨了，如果是自己开车，很可能也没有那么幸运，也不可能现在坐在办公室里。

自己真的变了吗？就连母亲也要起诉自己。仔细想想，很多事情确实不该，可毕竟已经做过了，难道我吴运合真的是伤天害理了？

俗话说，当局者迷，旁观者清。处在迷局里的吴运合是看不清自己的，这也属于正常。好在，由于肖露露事故的突发，让他在急速滑行的道路上紧急刹车，并主动走进了山川市的纪委，如实交代了自己被人利用的荒唐。可任何事情都具有两面性，何况，企业与银行之间，如果插入了一双政界的手，又有多少事情是真正能够摆上桌面的？尤其揪心的，是他和马玉的关系，一旦曝光，后果又会怎样？吴运合想着想着，不敢再继续想了。

人在这个世界上混，很多时候的贪婪是要归还的。当一个人自以为自己聪明的时候，也是最愚蠢的时候，流星坠落时划过的那道痕迹，不也是很清晰吗？人如果做了自认为是神不知鬼不觉的违心事，早晚也一定会让人知道的。这也正是吴运合最为担心的。所以，自从他去了市纪委之后，他就在心里要求自己，尽量搜寻记忆里所有的过往，不要遗漏下任何需要交代清楚的事情。

很多时候，最担心什么事情发生，事情就会找上门来。正思忖间，"我带你飞，风温柔地吹……"，吴运合的手机响了，市纪委让他马上去一趟。

在京城的马叠褶给女儿打了几次电话，马玉的手机都是处于关机状态，这让马叠褶感到奇怪。马玉的手机是从来不会关机的，难道有什么事情发生。

对于马叠褶而言，什么事情发生之前都有先兆，这也是他善于观察的发现。在他的处世哲学里，但凡人黄有病，天黄有雨，风雨欲来城欲摧，这些只要稍加留意，是都能够觉察出来的。至于那些突发的狂风暴雨、电闪雷鸣，他归结为自然界一时的疯癫，就如同人突然就会在大热天患上感冒一样，是不值得也没必要过于较真的。

其实，在马霪褶的眼里，人和植物的种子没有什么区别。种子是种子植物的胚珠经受精后长成的，一般有种皮、胚和胚乳组成。胚是种子中最主要的部分，萌发后长成新的个体，胚乳含有营养物质。种子是裸子植物、被子植物特有的繁殖体，由胚珠经过传粉受精形成。一个人，是父母给的生命，在自己的人生里，就像种子一样，要破土，要经受风霜雪雨的历练，才能成长、成熟。所以，一个人如果不知道什么是苦，没有经历过苦难，就不可能有什么成就。种子的种皮，就是一个人的外表，胚是一个人的大脑和心脏，胚乳就是一个人所处的环境。种子是裸着的，人倘若脱掉那身掩盖自己的皮囊，与种子又有什么不同呢？

但人毕竟是知道廉耻的，更是这个世界的主宰者。智慧与思考同步，责任和义务并行。当然，大千世界不会有一模一样的两片树叶，在权力的游戏里，也不可能有完全相同的两个人，充其量也只能做类化的区分：为公者，光明磊落；为私者，心胸狭窄。自己又属于哪一类呢？

不错，权力是人民给的，可权力这个东西就是微妙：没有，千方百计想拥有，一旦拥有，就会让一个人不自觉地膨胀私欲。按道理讲，我马霪褶什么也不缺，可在很多事情的处理上，居然鬼使神差，为什么呢？是想证明自己的存在？还是想突出自己确实有能耐？

说到能耐，马蹙褶是自信的。这倒不是因为他远在京城，就可以操纵临江的事情，更重要的是他个人认为，他和廖清辉有着不错的交往，巡视组怎么会跟他过不去呢。

别伸手，伸手就会有被捉的一天。马玉确实感觉到了，巡视组对自己所做的事情掌握得很准确。几乎所有的事情，在巡视组这里，是根本无法隐瞒的，甚至有些事情连细节都很清楚。如果不是费了功夫，这是根本不可能做到的。

山外有山，马玉领会到了这句话的真正含义。现在是什么时代，大数据就摆在那里，任何一个人只要有行踪，天上、地下一目了然，没必要再去辩解了，辩解也不可能会起什么作用，只会越描越黑。

竹筒倒豆子，马玉搜肠刮肚、一五一十交代完自己经手过的事情，天已经是傍晚了。这个时候，马玉清楚自己现在走与不走，已经不由自己做主了。可让她想不到的是，在魏自明的引领下，她被带到一个房间的门前，隔着虚掩的门缝，马玉差点失态。因为她看到了女儿刘筱媛就坐在房间的椅子上，手里捧着一本书，正仔细地阅读。

女儿手里捧的书籍，马玉太熟悉了，那是一部小说《母亲的起诉》，她的案头就有一本，是一位母亲起诉自己儿子离经叛道的长篇小说，马玉原本是买来想让吴运合看的，自己第一次阅读，不知多少次为那位母亲伤心，为那个儿子喊冤，难道亲情在当今社会中，就那么脆弱？可当她第二次带着思考阅读时，恍然大悟，这是一部通过家庭矛盾折射家国情怀的小说。她为有这样的母亲而深深敬服，为这样一个糊涂的儿子而愤愤不平。树欲静而风不止，子欲孝而亲不待。每个人确实都很忙，但对待自己逐渐老去的父母，应该多一分关心和关怀，父母对儿女的恩情，是怎么也还不清的。何况，每一个人都是有着祖国的，祖国不就是母亲吗？关心和热爱自己的祖国，是每一个人义不容辞的责任。正因为这样，一心要做一个好女儿的马玉，对父亲马霪褶可以说是言听计从的。

　　站在一门之隔的走廊里，马玉百感交集，自己曾经引以为傲的女儿，何时从大洋彼岸回来了？怎么自己一点也不知道？现在，她多想冲进去拥抱女儿刘筱媛啊。可这是哪里，是中央巡视组的驻地，自己又是被点名请来交代问题的人，她不知道自己应该如何做了。

　　似乎洞悉了马玉的心思，魏自明示意她可以进去见见女儿，但眼神告诉她，什么事情都不可以告诉女儿。如果说这是纪律，倒不如说是不要伤害了无辜的孩子。

　　情与法，孰轻孰重，马玉是清楚的。当下，有什么比一个母亲迫切想见女儿还重要呢？瞬间，马玉几乎是冲进了房间的，走廊里的魏自明清楚地听到了刘筱媛"妈妈"的惊呼声。

接到马蘩褵从北京用公用电话下达的指令，孙秘书有点震惊，他也试着打了几次马玉的手机，确实打不通，他问了几个省里的朋友，都说根本不知道，这不应该啊。是不是出差或者开会手机被屏蔽的原因？

不行，必须得尽快去一趟省里，要弄清楚马玉究竟出了什么问题。孙秘书有点着急了。有时候，一个人一旦被所谓的忠诚迷失了双眼，是不是也算一种悲哀。

公车都是被定了位的，如果移动，轨迹是很容易被追溯的。孙秘书此时最先想到的，就是他在腾达做保安的一个亲戚。于是，他打电话让亲戚到市政府门口接他，和他一块儿抓紧去一下临江。

天网恢恢，疏而不漏。孙秘书怎么也想不到，他的电话早已被卫江用了技术手段，当他坐上保安亲戚开着的私家车，从山川去往省城，一路上，侦察员的三辆不同款式的车，一直在互换跟踪着他们，远远地监视着。

在省城费了很大周折，也未能打听出马玉的关机是怎么回事，更未见到马玉其人。最后，孙秘书只好让亲戚把车直接开到了临江银行。

沉不住气的人，自然就会办出沉不住气的蠢事。当孙秘书在临江银行问不出行长到底去了哪里之后，他竟然直接去敲行长办公室的门，这下，身上就是长八张嘴也说不清了。门没开，山川公安局的侦察员站在了他的面前。

接下来的事情就好办多了，一切按照法定程序，当渣土车司机指认出给自己送钱的人就是孙秘书的那个保安亲戚，当保安一五一十地说出怎样受孙秘书的委派，如何把6万元交给渣土车司机，扑朔迷离的案情逐渐清晰起来。

有时候，侦破一个案子，往往会出现拔出萝卜带出泥的效果，这也是很多疑难案件被侦破的原因。所以做任何事情，都不可以心存侥幸，只要是做了，就不可能没有不暴露的一天，当串案、窝案被掀开盖子的时候，一切都会昭然天下。

孙秘书的到案，令所有参与侦破案件压力极大的侦查人员，心里一块巨大的石头落地了。因为踏破铁鞋无觅处，得来全不费功夫：奔驰车坠江的迷雾也揭开了。

做了坏事的人，虽然在内心早就都筑起一道道防线，但这些防线究竟有多么牢固，恐怕这些被称为嫌疑人的聪明人，自己也无法说清楚。一旦这些所谓的防线出现缺口，溃堤就是在所难免的事情了。

孙秘书怎么也想不到，他的这个保安亲戚会如此不靠谱，居然把他所知道的事情毫无保留地交代得一清二楚。隐瞒，如何隐瞒？抵抗，怎样抵抗？秃子头上的虱子——明摆着了。孙秘书只能把自己是如何去破坏奔驰车刹车的情况，老老实实交代清楚了。

修其心者累其智，修其行者累其身。当郑志明看到廖清辉站在自己家门口的时候，他委实有些惊讶："快进，快进来。老首长，有事？怎么过来也不提前打个招呼？"

"要是给你提前打招呼,那还是我吗?"廖清辉笑着说。

"哈哈,也是,也是,你们大领导下基层是从来不打招呼的,打招呼就看不到自己想看到的实际情况了。"郑志明礼貌地让廖清辉进屋。

"我是自己打车过来找你的,主要是想单独谈谈,向你了解证实一件事情。"坐下后,廖清辉说。

"这有什么难的,领导这么信任我,只要是我知道的,一定会知无不言。"郑志明坐向廖清辉的对面。

"是这样的,市委的那个孙秘书,就是跟着刘艺辉的那个,来山川的时候,据说是你给他办的手续?"

"孙秘书?是的,这个人我还有印象。怎么了?"

"他已经到案了,破坏奔驰车刹车系统,买通渣土车司机,都是他的杰作。"

"真的啊?"

"志明啊,这样的事情我对你讲出来,岂是儿戏?"

"怪不得呢,我也总是在想,可怎么也想不通,原来是这么回事。"

"我们怕过什么难题?但出难题的人是最可怕的。说说孙秘书的情况吧。"

"好吧,当时是省里马副书记给我打的电话,说刘艺辉要来山川任市长,鉴于刘艺辉是他的女婿,不能缺了对他的监督,想让时任省委督查室的副主任跟他一起过来做秘书。这你应该知道,对自己信任的人进行权力监督,也是一件好事,我通过与省纪委沟通,就和市里组织部门打了个招呼。"

178

"你知道孙秘书京城里有关系吗？"

"这个我当时还真不清楚，只知道他是从京城下来的，具体情况不怎么了解，但后来了解到，他曾经在京城的一位大领导手下干过，是领导要求他到基层来挂职锻炼的。"

"这个上边当然知道，体制需要慢慢改进，现在不是比以前好些了吗？顽疾与沉疴是我们体制上的毒瘤，能者上、庸者下最终会实现的。说说孙秘书吧，他在山川干得怎么样？"

"我在任上的时候，他口碑不错，工作也很卖力。你知道，我退下来就不再参与市里的事情了。"

"我知道，鉴于你退休不参政的实际，有些事情也不能过于勉强你。今天咱们就谈到这里吧，只是由于你是山川通，巡视组的工作还需要你鼎力支持。"廖清辉站了起来。

"这个应该做的我清楚，老首长好不容易来一趟，是不是给我一个机会，让我尽一次地主之谊呢？"郑志明说。

"志明啊，我要谢谢你的工作情谊，作为一名已经退休的老干部，你让我很感动，如果我们退休的同志都能够像你这样，不给组织增加负担，为我们国家发挥余热，很多事情就没有这么麻烦了。临江的事情比我们想得复杂，巡视组任务艰巨啊，马上就要春节了，能否让临江的老百姓平平安安愉快地过一个团圆的新春佳节，我们压力很大，等临江的巡视任务彻底结束了，我会让你好好补上这一顿的。"

"既然老领导这么说了，我咋能拖工作组的后腿啊？哈哈，咱就一言为定！"

风雨欲来风满楼。走出市纪委,吴运合感觉到了,他的奔驰车坠江和渣土车撞飞娄鸿波,这些看似突发事件的真相已经离自己越来越近了。

人在失落的时候,聊以慰藉心灵的,莫过于亲情了。此时,吴运合心里最难受的是,回家几次都没有见到母亲,所以,自己即使该千刀万剐,也不能拖累年迈的母亲。回家,向母亲赎罪!这个念头在脑海里一闪,他就驱车直奔家乡了。

时令到了冬季,吴运合看着窗外绿色渐褪的原野,虽有路旁的绿植点缀,但已经萧杀了许多,季节的变换就是这么无情,春夏植物的红花绿叶就如同人的生命一样,从童年的吐蕾,到少年青年的英姿焕发,最后总要面临秋冬成熟后的萧条,在叶子恋恋不舍离开枝头的时候,就像人生步入了老年时光。处在阒然的环境里,吴运合在想:人啊,与这大自然竟然如此相似。

人的一生说长也不长,掐头去尾仔细算算,真正风光的也只不过就中间的30年,少年的无忧无虑,青年的莽撞,中年的成熟,以及老年的回忆,都匆匆留在自己走过的路上。但有一点吴运合是坚信的,一生中无论平凡,还是有所成就,这与自己的经历是分不开的。也就是说,年轻时吃苦越多的人,后半生就会更幸福。没有经受过苦难,也根本体会不到什么是幸福。

自己现在幸福吗?在别人的眼里,自己很可能是幸福的,可幸福并不是让别人看的,那是自己的切身感受。吴运合认为自己现在真的说不上幸福,充其量只是一个在外人看来有些光鲜的自己，实事上他也确实不幸福。幸福是什么？是家庭和事业相得益彰，家呢？事业呢？家散了，事业真的就成功了吗？更让他难以释怀的，是亲生母亲要起诉自己，如果这件事情在整个山川传扬出去，他吴运合还如何有脸见人？

不远的路程，吴运合很快就到了母亲住的老宅。老宅的大门敞开着，看来，这次回来的时间对了，母亲在家。停下车，吴运合坐在车里，目光紧紧盯着老宅的院门，他在思考怎么走进去，如何向母亲道歉、认错。

马玉很感谢巡视组对她没有采取措施，让她带着女儿回了家。也正是如此，马玉的心里更难受，种种迹象表明，父亲这次凶多吉少。作为女儿，她现在是清楚的，但父亲是否知道他自己目前的处境呢，马玉又有些焦心。

所有的惊涛骇浪都是在看似平静的海面酝酿起来的，这一点马玉不是不懂，但她知道，巡视组让她回家，其中的寓意也包含着对她的考验。一边是巡视组，另一边是父亲，对父亲马蓥褶，马玉是心疼的，风风雨雨这么多年，父亲也确实不易，总得给父亲透个风吧，这也是作为女儿应该做的。可如今，父亲要是在临江该多好，却偏偏远在京城，自己该怎么办呢？

男人以理性处事，女人靠感性待人，这句话可能永远无法颠覆。匆匆安排好女儿，马玉就直接去了单位，她不仅要证明自己没事，而且要背着女儿赶快给父亲打一个电话。

当马玉走进单位的时候，她能够明显感觉出来，很多人看她的目光有些异样。但马玉依然若无其事般地直接走向了自己的办公室。

关上房门，她的第一件事情，就是要给父亲马叇褶打电话。

"爸爸，你什么时候回临江？"

"事情处理完我就回了，这几天你怎么关机了？"

"临时有点事，不方便接电话。"

"什么事情要关机？临江有什么大的变化吗？"

"是有些变化。筱媛回来了。"

"筱媛回来了？自己回来的，还是有人和她一起回来的？"

"这个……当然不是她自己回来的。"

"还有谁？"

"娄鸿涛。"

"娄鸿涛？他回临江了？"

"是，回来好几天了。"

"好，我知道了，要照顾好自己和筱媛，随时听我安排。"

"嘟——"的一声，父亲挂了电话。

马玉听到父亲匆忙挂掉电话，如同卸掉了千斤重担，长长地舒了一口气。但她哪里知道，她的这个电话，不仅让巡视组监听到了，而且也在京城掀起了一股巨浪，加快了巡视组收网的步伐。

马上就要过春节了，素来爱整洁的舒嫚筠在院子里正拆洗被褥，猛一抬头，看到了吴运合，一时间母子对视，舒嫚筠愣住了。

"妈，我回来了，你这是在拆洗被褥？我重新给你换一床新的吧。"

……

"要不，我打电话让吴晗回来帮你拆洗？"

……

"儿子让你操心了，实在对不起您老人家了。"

"你何止对不起你这个窝囊的妈！翅膀硬了，什么都不顾了？"

"不是，妈——"

"还需要解释吗？看看你都做了什么样的人事？妻离子散不说，专挑伤害亲人的事情做！拍拍你的良心，你到底要干什么？证明你有本事吗？难道一定要把你妈这把老骨头气死才开心？"

"儿子确实错了。"

"你哪里错了？你永远是对的，家人的一切都是错的！运合啊运合，我们老人说的话，你根本就没有听进去过。是，你企业做大了，风光了，但这个世道无论你怎样有能耐，做了太多不该做到事情，是要遭报应的！"

"妈，我今天回来，就是要向你认错的。"

"你知道自己错了？家人之间的错叫错？如果你触犯了法律，那不叫犯错，那是犯罪！你是企业家，犯罪的后果你想过吗？你要是真的犯了罪，你考虑过亲人的感受了吗？"

突然间，吴运合好像什么都明白了，年迈的母亲为什么要起诉自己了。听着母亲舒嫚筠的数落，他的内心酸楚起来。有这样一位通情达理的母亲，自己确实犯浑了，不仅没有让母亲晚年幸福，而且平白无故给母亲增加了不少忧虑和烦恼。

每个人都生活在平凡中，也正是这平凡的生活，母爱就体现在点点滴滴的琐事里。很多人抱怨父母，没有给自己留下什么，但作为儿女，又给了父母些什么。当日子一天天流失，岁月的沧桑在老人们的脸上刻下痕迹，儿女们也终会有自己必将老去的一天，回首来路，遗憾涌满心头，父母鬓角的白发就成了儿女心中永远的牵挂。

吴运合还能说什么呢？此时什么都不能再说，唯有聆听，才是对母亲最好的回报。

到了悬崖边上，很多人是不知道回头的。这除了心存侥幸之外，舍不得丢下手中的权力和无法放下曾经辉煌的过往，恐怕是最大的原因。就如同整天坐轿的人，突然让他去抬轿，心里会失衡的。

接到女儿马玉的电话，马霻褶坐不住了。在他看来，临江省的水他已经搅浑了，怎么可能这么快就清澈了呢？娄鸿涛突然回来自首，又带回了自己的外孙女，这无疑是对自己的宣战。他佩服临江省委能够把这么大的事情做得天衣无缝，让他这个主管政法的省委副书记一点信息都不知道,这又意味着什么呢?

如果坐以待毙,那就不是马霪褶了,这也正是马霪褶长期以来形成的做事风格。于是,他自然就想到了孙秘书的首长,在京城位高权重的那位领导,必须动用一切可以动用的力量,对临江施压。在马霪褶看来,自己与孙秘书的首长,虽然不属于一类人,但起码现在他俩是坐在一条船上的,这是由于他的心腹孙秘书,已经走在了钢丝上。可他哪里知道,孙秘书已经被巡视组控制了。

让马霪褶没有想到的是,他就一个电话,那位领导就迅速约他见了面。每一个人都是有软肋的,马霪褶庆幸自己捅对了地方。

在京城一条背街的胡同,一家外部看似平常,内部却装修得极其豪华的饭店里,两人见了面。马霪褶看得出来,这位领导与这家饭店很熟悉。

"就咱两个,我点了两份鱼翅羹、四个海参,外加四两褡裢火烧,喝红酒还是白酒?"

马霪褶感觉这位领导很亲切,毕竟自己不在京城工作,领导显然是主人,把他当作了客人。海鲜之类他见多了,没什么稀奇的,可这褡裢火烧是京城名吃,自己就陌生了,只是听说过一两火烧3个,自己还真没有吃过呢。

"客随主便,领导喝什么我就喝什么吧。"

"那就好,喝点红酒吧,养生。"随着领导的话语,服务员很快把一瓶法国产的XO和两个高脚杯放在了餐桌上。

饭菜上齐,服务员轻轻带上房门,领导看着马霪褶:"说说吧，这里很安静，你的消息可靠吗？"

"可靠！是我女儿打电话告诉我的。"

领导见马霪褶紧盯着餐桌上的褡裢火烧，就风趣地说："你看这东西像不像娄阿鼠肩上的钱袋子？"

"确实像。"

"来，吃一个尝尝，馅儿是香菇虾仁的，吃火烧蘸醋，味道更好些。"

按照领导的说法，马霪褶夹了一个火烧蘸醋细品，频频点头："不错，不错。"

"临江目前的情况，你有什么建议？"

"你这当领导的，考我啊？"

两人会心地笑了。聪明人坐在一起是心理的交锋，别看都是满脸的微笑，内心都在各打各的算盘，就像水面盛开的鲜艳荷花，水底下究竟又是怎样的情形呢？

"好吧，这几天我就安排一个调研组马上去临江。"领导端起酒杯与马霪褶碰了一下。

虽然来临江带着任务，但整个巡视工作还算顺利，尤其是娄鸿涛的回国自首，让很多看似困难的事情逐渐明朗起来。

在郊区宾馆，巡视组正在对到临江以来的工作进行详细地梳理。"从目前的情况看，我们在春节之前可以圆满完成巡视任务。"廖清辉说，"各条线任务还是相当繁重，一些想不到的外在因素仍然存在，也不排除会发生人为的干扰，需要大家认真整理档案材料，对涉及的人和事做好必要的记录、归类，让那些不知道收手的人得到应有的惩处，把权力回归到制度的笼子。"

"从目前大厅接待群众来访反馈的内容，我具体划分了一下。"魏自明说，"主要是干部问题和民生问题，当然，我这样说有些笼统，下边我就仔细地分析一下下一步的工作重点。干部问题的三超两乱：超职数配备干部、超机构规格提拔干部、超审批权限设置机构和擅自提高干部职级待遇、擅自设置职务名称；民生问题是一个宽泛而又具体的概念，但细化起来也就不外乎三个方面：社会每一个成员是否能够真正活得有尊严？在社会救济、最低生活保障、基础性的社会保障、义务教育、公共卫生和住房保障等，是否做到了公平；在满足了社会成员基本生存问题之后，就应考虑社会成员基本的发展能力和发展机会，以期为民众提供最起码的发展平台和发展前景，诸如劳动权、财产权、社会事务参与权等，是否公正；解决了民众基本生存和基本发展机会、基本发展能力之后，经济发展水准和公共财力的大幅提升，民众应当享受到的社会福利，如未来公立高等学校学生的免费教育、住房公积金的普及、社会成员的权利是否受到全面保护等，这就是公开。所以，这就是目前我们巡视组工作的重点和目标。"

分析会虽然务虚，但每件事情都实实在在，大家也都很是开心，蔡畅、卫江也都简单地陈述了各自分工的工作进展，不到40分钟会议就结束了，按照要求，各忙各的去了。

有时候，人会异想天开，把希望寄托在他人身上。孙秘书现在就是这样，自从被巡视组"请"到郊区宾馆，他就意识到首长肯定不会对他坐视不理。

自己是被人指使的，这一点，他很是清楚，巡视组又何尝不明白。做了触犯法律的事情，为什么没有对自己采取强制措施呢？个中缘由，孙秘书心知肚明，显然，如今自己就像鱼钩上的诱饵，他也很矛盾，既盼望着首长能够向他施以援手，又害怕连累了首长。

让孙秘书想不到的是，首长确实已经在考虑他了，虽然还不知道他已经深陷囹圄，但所指派的调研组已经马不停蹄到达了临江。这次来临江的调研组规格之高，让临江省委省政府都颇为吃惊。

调研组带队的是某部委一位刚刚退居二线的部长，关键是廖清辉曾经是他的手下，就连临江省委书记也在他手下干过多年，可见孙秘书的这位首长用心之良苦。更让人想不到的是，调研组到临江之后，工作的主动性令人诧异，有时甚至对巡视组的工作也进行插手和干预。

出于对老领导的尊重，临江省委书记碍于情面，就致电廖清辉，商量怎样与调研组沟通。廖清辉说，无论巡视组还是调研组，都是为了临江的工作，具体情况由他先出面和老领导沟通一下，省里暂时不要有什么行动。

在省委招待所，当廖清辉简要地汇报完巡视组到临江的工作情况后，老领导瞪大了吃惊的眼睛："临江的问题有这么严重吗？"

"如果不严重，我也就没有必要来找您汇报了。"廖清辉说。

"原本是打算来帮你的，谁知会在不经意中反而干扰了你们的工作。"

"老领导客气了，干扰倒不至于，只是我对你们调研组来临江的任务有些疑问。"

"调研组不是某个人的调研组，这一点我还不糊涂，初衷都是好的。你也知道，快春节了，在京城时间待久了，出来走动走动也不是一件坏事，了解一下基层的实际情况，也属正常。这次突然接到调研任务，也是组织上对我的信任，至于人员组成，主要是以政法系统为主，任务当然也就集中在政法领域了。"

"政法？"

"是的，健全法制体系，公平公正执法也是中央的要求，调研也是督促落实的一种手段，知不足，方可补好短板。我可以真诚地告诉你，此次我是组长，还有两名副组长，我会通知他们，一定不能干预你们巡视组的工作，需要配合时，我们会全力以赴。"

"谢谢老领导，有您这句话，我就放心了。"

吴运台真的没有想到，母亲会对自己有这么大的怨气。这一切，都源于父亲去世时，自己却远在国外，没有给父亲守孝，之后，又没有与母亲好好解释。

生活中很多事情就是这样，看似简单的事情处理不好，就会演变成棘手的大问题。人们往往会忽略亲情，一旦亲情裂缝，再想弥补是一件很难办的事情。尤其是父亲去世这样的大事，作为儿子没在身边，母亲对自己生怨也合乎常理。

吴运台不傻，母亲起诉自己仅仅是一个借口，深层的原因是担心自己走上不归路。仔细想想，从与梁蕙茹离婚至今，自己确实荒唐，当父母需要他在身边的时候，却不能如愿，委实伤了母亲的心。

创业是艰难的，守业比创业更难。这倒不是没了创业时的拼劲，而是处理任何事情都要考虑周全。

面子是什么东西？过分地考虑自己怕丢面子，就会让很多事情举步维艰。与其顾及自己的面子，不如让母亲对自己的怨气彻底释放出来，这也许算是对母亲的一种安慰。因此，离开母亲，吴运台就直接去找常侃了。

"老同学，哪股风把你这个大企业家吹来了？"看到吴运台，常侃吃了一惊。

"都什么时候了，你还有调侃的闲心，真是名如其人。"

"什么事情？说吧，难得你来我这儿一趟。"

"还能有什么事情？应诉。"

"什么应诉？你不怕事情闹大？"

"闹大闹小又怎样？那是我妈。"

"我知道,舒阿姨也是看着我长大的,但问题是谁都想把大事化小小事化了,你偏偏要把小范围能够解决的事情,弄得全山川人都知道啊?"

"人这一生,很多事情是无法回避的,该面对的始终要面对。你们确定时间吧,我准时前来应诉。"

"这事情我一个人说了也不算,你坚持要这样做,等班子研究后通知你吧。"

"好吧,我静候法院的通知。"

走出法院,吴运合觉得自己心里沉重的石头卸下来了,不但身体感觉轻松了,而且心情也轻松了很多。

廖清辉如何也想不到,自己一向很尊重的领导,会突然给自己打电话,电话的意思也是相当明确的。大意是说,在基层巡视,什么事情都要把握好分寸,切不可因为工作的原因,让自己以后走的路变窄了。

就自己对这位领导的接触和理解,结合领导目前又身居要职,廖清辉想了很久也没有想明白。一天后,当他通过层层关系,才明白了这位领导给自己打电话的原因:曾经帮他处理事情的几个人,前不久被中纪委立案调查,其中有一位与孙秘书的首长还是亲戚关系。

怎么会这么复杂?廖清辉隐隐感觉到这次来临江,肩上的担子更重了。

友情毕竟只是友情，法律绝对不能儿戏。自己虽然没有爬雪山、过草地的经历，但淮海战役和渡江战役他是都参加过的，想想那些为新中国牺牲的鲜活生命，打江山是何其艰难，而守江山又何尝不是！中央反腐决心如此之大，自己又被点名带队来到临江，如果什么事情都睁只眼闭只眼，巡视还有什么意义！

不行，需要马上召开一次动员会，给所有参与临江巡视工作的人员统一思想，提振精神，树立同志们的信心，决不能因为外来的因素和干扰，就打乱或影响整个巡视组即将收网工作的进展。

有时候，当满怀一腔热血的人聚在一起，他们就如同一堆干柴，只要你敢于点燃，就会形成熊熊火焰。很快，接到通知的人员齐聚郊区宾馆。

"同志们，到临江以来，大家都很辛苦，工作也取得了成绩。今天，我把大伙召集过来，也算是做一个简单的动员。"廖清辉几乎是拍着桌子，"记住，无论是谁，不管他官职有多大，位置有多高，只要是没有把人民赋予的权力用在正道上，我们绝不能碍于情面，助纣为虐，要切实对得起上级对我们的信任！完成好我们在临江的巡视任务！"

廖清辉的话，无疑是给所有人打了"强心针"，增强了大伙儿收网的信心。3天后，当一条短信出现在廖清辉的手机上，他的双眉拧成了疙瘩：在如今的中国，刑不上士大夫已成为历史，请安心做好巡视工作，把所有的老虎、苍蝇一个个仔细地找出来，还临江省一个朗朗晴空。

侥幸的心理永远抵不住现实的残酷。做了不该做的事情，总以为很秘密，殊不知这个世界即使小虫子飞过，也会留下痕迹。当惩戒临头，很多人往往追悔莫及，仔细想想，早知今日，又何必当初呢？

　　世上没有后悔药的。当一张张拘押的签令出现在孙秘书、马玉和吴运合面前的时候，他们是明白的，什么事情都是有报应的，迟早都会。这个时候，不同的人当然会有不同的想法：孙秘书在期盼着首长对他施以援手，可他哪里知道，他的首长也是泥菩萨过河；马玉呢，她就很直接了，祈愿一生不易的父亲，在京城无恙；至于吴运合，除了懊恼自己之外，最担心的就是他的母亲。

　　面前偌大的一个火坑，没有任何人强迫，都是自己跳进去的。

　　而在京城，当办案人员出现在给廖清辉打电话的那位大领导和孙秘书首长面前的时候，场面又是何等的震撼。

　　法律就是法律，不容亵渎。权力再大也是人民给的，在法律面前权力岂可滥用？

　　这场轰动京城的风波，让想在京城找到最后一根救命稻草的马霆褶心生敬畏，借着到京城开会的机会，一直在努力为自己解脱的希望破灭了。怎么办？好在自己早就有所准备，他要远走高飞。

　　谋事在人，成事在天。马霆褶无论如何也无法想到，当他

193

走进机场，魏自明和蔡畅已经在机场等候他多时了。

"马副书记，好久不见。"蔡畅很客气。

"你们这是……"

"省委让我们来机场接你回山川。"

马矍褶无语了……

下雪了，春节就要到了。

满天飞舞的雪花，洁白如棉絮，纷纷扬扬直扑大地，舞动的雪花让大地愈发净洁，整个世界都笼罩在皑皑大雪中。

舒嫚筠起诉儿子吴运合的案子，在山川市川南区法院民事法庭开庭。由于案子极为特殊，是母亲起诉儿子，这在山川市还是第一次，吸引了不少市民前来旁听，整个法庭里座无虚席。

已经得知吴运合被拘押，当吴运合在法警的引领下走上被告席，舒嫚筠看到坐在台下的郑志明也正凝神看着自己，不禁潸然泪下，她知道，儿子已经走得离自己越来越远了……

"现在开庭！"随着法官宣布开庭时法槌"当"一声敲响，外边的雪更大了，春天的脚步更近了。

写于 2018.10

第一次修改 2019.08

第二次修改 2020.05

第三次修改 2020.07